*Antonia Meyers*

# Die Kette der Madonna

*In Dankbarkeit zugeeignet*
*Mater Perpetua Zeppenfeld OSU*
*Djakarta / Indonesien*

*Antonia Meyers*

# Die Kette der Madonna

MiriaM-verLaG

5., überarbeitete Auflage 1997
© Miriam-Verlag • D-79798 Jestetten
Alle Rechte, auch die des Teilabdrucks
und der Übersetzung, vorbehalten.
Satz und Druck: Miriam-Verlag
Printed in Germany
ISBN 3-87449-140-4

# Inhaltsverzeichnis

Vorwort .................................................. 6
Gold und Perlen in Insulinde ........................ 8
Zwei Welten prallen aufeinander ................. 23
Ein Licht im Dunkel .................................. 33
Die verhängnisvolle Geburtstagsfeier ........... 38
In die Berge verbannt ............................... 43
Es gibt noch Wunder ................................ 53
Begegnung hinter Gittern .......................... 61
Gute Heiden helfen .................................. 74
Auf der Suche nach Bian finde ich eine Mutter ........... 81
Der entscheidende Augenblick .................... 90
McArthur entreißt uns der Hölle ................. 97
Abschied von Insulinde ............................105
Aus glühender Hitze in Kälte und Nebel .......113
Ein folgenschwerer Irrtum ........................121
Das Gelübde wird erfüllt ..........................132
Die Hilfe des hl. Bruder Konrad
und die Kette der Madonna ......................139
Altötting in Indonesien ............................152

## Vorwort

In Westdeutschland, ostwärts von München, unweit von Passau, liegt die kleine Stadt Altötting. Dort befindet sich seit dem 15. Jahrhundert eine weithin berühmt gewordene Wallfahrtsstätte, wo die Gläubigen ein uraltes Bild, eine Statue, aus feinem Holz hergestellt, 66 cm hoch, verehren. Sie stellt Maria dar, auf dem rechten Arm das Jesuskind tragend, in der linken Hand ein Szepter haltend, auf dem Haupt eine Krone. Das Bild soll aus dem 12. oder 13. Jahrhundert stammen.

Jahr um Jahr kommen ungefähr eine halbe Million Pilger aus aller Welt zu diesem Gnadenort. Menschen aus allen Ständen, Altersklassen und Berufen haben hier der Mutter des Erlösers ihre Liebe und Verehrung bezeugt und Trost, Licht und Kraft in ihren Anliegen und für ihr Leben gefunden. Hohe kirchliche und weltliche Würdenträger, darunter ein Papst und ein Heerführer des Dreißigjährigen Krieges, Graf Tilly, haben der Gottesmutter in schwerer Not ihre Verehrung bekundet. Fast unerschöpflich an Zahl, Art und Wert sind die Geschenke, die der „Mutter der Gnaden" von reich und arm als Zeichen des Dankes und der Huldigung gebracht und gewidmet worden sind. Viele dieser Widmungen und Geschenke sind in der „Schatzkammer" aufbewahrt, andere zieren die Gnadenkapelle. Eines von diesen letzteren Geschenken, eine kostbare Sternperlenkette brachte die Verfasserin dieses Buches aus dem fernen Südostasien, dem „Reich der tausend Inseln" (Indonesien) mit, wo sie fünfzehn Jahre lang im Dienste der Mission und der Eingeborenen, zum Teil unter den Aussätzigen, vor allem aber bei der Jugend gewirkt und nach Jahren des Friedens und der Freude unsagbar Schweres durchgestanden hat.

Am 12. September 1947, dem Fest Mariä Namen, konnte Antonia Meyers auf Veranlassung von P. Anton Keßler, Vizepostulator im Seligsprechungsprozeß von Bruder Konrad, unter dem Beistand von Monsignore Eisenreich, dem Administrator der Heiligen Kapelle, das unschätzbare Geschenk in einer besonderen, mit einer Prozession eingeleiteten Feier der Gnadenmutter von Altötting überreichen.

Viele von denen, die zu Unserer Lieben Frau von Altötting pilgern oder vor dem Gnadenbild gebetet haben, werden den eigenartigen Schmuck, die der Madonna um den Hals gehängte Sternperlenkette, beobachtet haben. Nur wenige aber dürften eine Ahnung davon haben, woher und wie dieses kostbare Schmuckstück in die große bayerische Gnadenstätte gelangte. Noch weniger mögen die Pilger und Beter ahnen, in welcher Absicht, über wessen Auftrag und mit welcher Bestimmung dieses Juwel in das Heiligtum von Altötting gebracht worden ist.

Von dem allem soll in diesem Buch berichtet werden. Da für die Rettung und den gefahrvollen Weg der Überbringung der Sternperlenkette der hl. Bruder Konrad in fast wunderbarer Weise Schutz und fürbittender Helfer geworden ist, wird dieses Buch zugleich auch zu einem warmen Zeugnis für ihn.

*Im Maimonat 1976, Prof. Albert Drexel*

# Gold und Perlen in Insulinde

Eine tolle Idee hatte mich erfaßt. Wer aber konnte mir bei meinem waghalsigen Unternehmen helfen? „Ho Kim Hoa!" rief mir eine innere Stimme zu. Das war die Lösung. Sie war in meinem Klub, den ich für die einheimischen Mädchen gegründet hatte, um sie in Musik und Sport weiterzubilden. Nur sie konnte ihren Vater bewegen, mir die Erlaubnis zu geben, auf seinen Goldfeldern nach Gold zu suchen. Gold! In einer Woche wollte ich wenigstens 500 Gramm echtes Gold finden.

Noch schwebte ich zwischen Hoffnung und erträumtem Glück, als Ho Kim Hoa schon von weitem rief: „Alles gestattet! Aber auf eigene Gefahr!" Das letzte Wort – „Auf eigene Gefahr" – war allerdings die Kehrseite der gewährten Gunst. Ich wohnte in Menado, der Hauptstadt von Nord-Celebes. Der Besitz des Herrn Ho Ken Siang lag an der anderen Küstenseite der Insel. Sollte ich die Insel zu Fuß durchqueren, um von Menado aus nach Kotabunan zu gelangen? Das war für ein junges weißes Mädchen unmöglich, denn der Weg war äußerst gefährlich. Vor den Strapazen war mir nicht bange, war ich doch von Kindheit an gewöhnt, Hindernisse aus dem Weg zu räumen und seelische Kraftproben zu bestehen. Doch der gewaltige Urwald mit seinen wilden Tieren war mir doch etwas zu riskant.

So entschloß ich mich, in einem Bogen nordwärts zur Bai von Kotabunan zu gelangen. Das Vorhaben glückte mir sehr gut. Weit in der Ferne sah ich die Landzunge, die die Goldfelder barg. Es galt nun, die Bucht zu passieren. Damals wie heute ist es ein sehr gefährliches Unterfangen, da überall in den Gewässern Krokodile lauern. Nur wenn diese sich müde auf den Sandbänken sonnen, dürfen sich Menschen mit einiger Sicherheit in die Bucht hineinwagen. Die Eingeborenen haben eine sehr originelle Methode, sich gegen die bösartigen Tiere zu wehren. Sie ketten mehrere Kähne aneinander, und auf das letzte Kanu binden sie eine weiße Ziege. Durch ihr jämmerliches Schreien zieht sie die unheimlichen Krokodile an. Diese versuchen nun den Kahn umzukippen, um die Ziege zu erbeuten; in diesem Augenblick eröffnet die Mannschaft das Feuer aus ihren alten Gewehren. Es ist nicht leicht, ein Krokodil tödlich zu treffen, da der Panzer sehr hart und schlüpfrig ist.

„Wir glauben, daß die Krokodile die Beschützer der Goldschätze sind", sagte der Vater meiner Freundin. Das beängstigte mich jedoch nicht sonderlich. Ich hatte es gewagt – und habe gewonnen. Dennoch dachte ich bereits mit einiger Besorgnis an den Rückweg.

Meine erste Arbeit auf den Goldfeldern war, ein Zelt zu bauen und Vorsichtsmaßnahmen gegen Hitze und Stechmücken zu treffen. Dann begann die Suche nach dem heißbegehrten Gold. Wildes Dornengestrüpp umklammerte meinen ganzen Körper, und stachelige Kakteen und Disteln verletzten meine Haut. Hatte ich eine Stelle im Sand oder Schlamm entdeckt, die auf Gold hindeutete, so grub ich den harten Boden auf. Und siehe da, es kam ein Körnchen zum Vorschein, das sofort mit hellem Jubelruf begrüßt wurde. Aber leider verlief nicht immer alles so glatt. Manchmal sah ich das Gold nur in einem Kieselstein flimmern, den ich erst zerschlagen mußte. Immer wieder blitzte es zwischen Geröll und kleinen Rinnsalen auf, ein verheißungsvolles Anzeichen des kostbaren Metalls.

Sieben Tage lang blieb ich mutterseelenallein in dieser Einöde. Der Durst quälte mich, und zahlreiche Mückenstiche beulten die Haut. Überall wimmelte es von giftigen Schlangen und Echsen, die urplötzlich auftauchten.

Verbissen suchte ich weiter und wurde dafür reich belohnt. Der schwere Inhalt meines Rucksacks – Goldkörner, Steinsplitter, Kiesel und Sand – wurde von den Einheimischen in einen kegelförmigen Behälter aus Eisenbeton geworfen, der etwas Wasser enthielt. Ein kräftiger junger Mann rührte und stampfte die Masse mit einem dicken Mörser, bis sich das Gold allmählich als „Satz" auf dem Boden des Gefäßes sammelte.

Ich staunte nicht schlecht, als ich das Ergebnis hörte: 700 Gramm! Davon mußte ich 200 Gramm an den Besitzer der Goldfelder abgeben, aber es blieben mir immer noch rund 500 Gramm. Ein herrlicher Erfolg! Dabei schätzte man den Goldgehalt auf 20 bis 24 Karat.

Die Rückfahrt verlief ohne Schwierigkeiten. In Menado ging ich zu Kui Sang, einem bekannten Goldschmied, der das Gold in Barren stanzte. Ich gab ihm den Auftrag, aus dem Gold eine Kette anzufertigen. Anhand von Zeichnungen erklärte ich ihm, daß die Halskette aus acht Seerosen und einem großen Stern in der Mitte bestehen sollte. Erstaunt und begeistert von meiner Idee rief der Meister Kui Sang aus: „Das wird ja etwas ganz Kostbares, schöner als das Geschmeide einer Königin!" Diese Prophezeiung ging in Erfüllung – allerdings ganz anders als ich es erwartet hatte.

War es ursprünglich mein Wunsch gewesen, daß in dieser Kette Perlen aus der Südsee verarbeitet würden, so hatte ich jetzt den Ehrgeiz, nur Perlen von besonderer

Leuchtkraft und Größe dafür zu nehmen. Mein Döschen, das allerlei Arten von Perlen enthielt, die ich teils als Geschenk erhalten und teils durch Tausch erworben hatte, ist nie so oft geöffnet worden wie damals. Immer wieder ließ ich die kostbaren Perlen durch meine Finger gleiten und träumte davon, wie ich diese Schätze eines Tages meinen staunenden Landsleuten in der Heimat zeigen würde. Kenner hatten mir gesagt, daß unter meinen Perlen einige sehr seltene Exemplare seien.

Da die Goldsuche so glänzend verlaufen war, kam mir der Gedanke, auch Perlen zu fischen. Man hatte mir schon oft von den einheimischen Perlenfischern erzählt. Warum sollte ich nicht von ihnen erfahren können, wie man die herrlichen Kostbarkeiten aus dem Meer heraufholt?

Das Kanu war mir seit langem vertraut, und manche unbekannte Insel hatte ich mit meinem Boot „entdeckt". Diesmal mußte ich zur Insel Banggai, die fast an der äußersten Ostspitze von Celebes liegt. Auf einem chinesischem Dampfer fand ich Gelegenheit, Richtung Süden zu fahren. Mit einem Schiff der staatlichen Regierung, das mein Kanu ins Schlepptau nahm, gelangte ich schließlich in die Bucht von Banggai.

Es ist ein merkwürdiges Gefühl, eine unbekannte fremde Insel zu betreten. Die märchenhafte Schönheit zog mich sofort in ihren Bann. Hochragende Palmen verhüllten das Innere der Insel. Seltsame Gebilde von Blumen und Früchten erfreuten das Auge. Ich kam mir vor wie eine Prinzessin, die das Paradies gefunden hat.

Dann stand ich vor der Hütte des Perlfischers Tuan Monoppo. Er schien das Oberhaupt dieser Insel zu sein. Nach der freundlichen Begrüßung ließ er sofort Früchte und Kokosmilch bringen. Er nahm an, daß ich mich verirrt hätte. Nachdem ich alle beruhigt hatte, erklärte ich ihm den Grund meiner Reise. „Ich möchte einige Tage hierbleiben, großer Herr. Ist das wohl möglich?" – „Oh, weißer Mensch bleibt bei uns? Wir sind sehr glücklich!" Damit war ich in ihren Kreis aufgenommen und stand unter ihrem Schutz.

Ich verlebte hier unvergleichliche Tage. Die Inselbewohner muß man einfach gern haben, leben sie in ihrer Natürlichkeit doch wie Kinder, unberührt von der technisierten Welt.

Meine erste Aufgabe war es, das Tauchen zu lernen, und dazu mußte ich viel üben. Zunächst muß man den Körper in geringer Tiefe unter Wasser halten können. Allmählich versuchte ich auch schon, kleine Teile von den vorgelagerten Muschelbänken abzustoßen und nach oben zu bringen. Es war schwieriger, als ich gedacht hatte. Nur langsam gewöhnten sich Herz, Lungen und Augen an die neue „Gymnastik".

Eines Abends fragte ich Tuan Monoppo: „Werde ich wohl je so geschickt tauchen können wie du und deine Leute?" Mit geheimnisvoller Miene meinte er: „Weiße Menschen sind anders. Die Südsee ist unser Element. Ihr seid keine Kinder von hier."

In der Tat ist das Tauchen nach Perlen keine leichte Sache. Die kräftigen, gesunden Taucher in den kurzen, meist roten Höschen sprangen blitzschnell ins Wasser und tauchten geschickt zu den tieferliegenden Muschelbergen. Sie waren mit einem Schlagmesser ausgerüstet, mit dem sie blitzschnell in die Muschelberge stießen und kleine Stücke abschlugen. Diese ließen sie in eine Schürze fallen und schwammen wieder nach oben, um Atem zu holen. Die Muscheln wurden in das Kanu gelegt, und nach einer kurzen Pause sprangen sie wieder in die Tiefe, um nach neuer Beute Ausschau zu halten.

So verstand ich Monoppo sehr gut, als er sagte: „Ich habe gehört, daß man im Lande der Weißen unsere Perlen zu hohen Preisen verkauft. Die Perlen zu gewinnen ist ein sehr harter Beruf. Willst du nach Perlen tauchen, um Geld zu verdienen?"

Als ich dies verneinte und ihm bedeutete, daß ich die Perlen für mich persönlich – für eine schöne Kette – haben möchte, war er wie umgewandelt. „Du kannst so lange bei uns bleiben, wie du willst. Wir geben dir gern zu essen. Du verstehst uns gut, das sagen auch die Frauen. Du sollst es gut bei uns haben. Nur Kleider können wir dir nicht geben, wir haben selbst nur sehr wenige."

Schlicht und weise sprechen diese Menschen über ihre kleine Welt. Ich erinnere mich noch, wie ich Monoppo eines Tages fragte: „Weißt du, warum die Menschen sagen, Perlen bedeuten Tränen?" Philosophierend meinte er: „Es gibt noch eine andere Art von Tränen als jene, die aus den Augen der Menschen kommen und manchmal auch falsch sein können, besonders bei Frauen."

„Wie meinst du das, Monoppo? Du scheinst die Frauen gut zu kennen!" – „Ja, Nona! Die Frauen ... Doch ich will lieber von den Tränen der Muschel erzählen. In der Muschel lebt ein Tierchen. Wenn nun eine Muschel, von den Wogen weggerissen, ins Meer treibt und sich bisweilen öffnet, kann ein Fremdkörper – ein Sandkörnchen – eindringen. Weil das schmerzt, fließen milchige „Tränen" aus ihrem Innern und umhüllen das schmerzende Körnchen, so wie aus dem menschlichen Fleisch, wenn es verletzt ist, rote Tränen fließen. Zuerst ist die Träne der Muschel ganz klein, dann wächst sie, bis sie eine große Perle geworden ist. Ich habe einmal auf Bildern gesehen, wie weiße Frauen Ketten von solchen Perlen tragen. Ob diese Frauen daran denken, daß jede Perle aus dem Schmerz eines Tierchens geboren wird? Sag es den Leuten, wenn du wieder in das kalte Land zurückkehrst!"

Als ich am folgenden Morgen bei Monoppo auf dem Boden saß, zeigte er mir seine Perlen. „Nona, ich habe noch keinem Weißen meine Perlen gezeigt, erst recht keinem Händler. Sie wissen nichts von unserer mühsamen Arbeit und geben für eine Perle kaum so viel, daß man einen Sarong (ein langes Kleid, das nur 4,50 DM kostet) kaufen kann. Dir, Nona, schenke ich die wertvollste Perle zur Erinnerung an deinen Besuch." Mit ehrfürchtigen Händen nahm er eine schöne große Perle und knüpfte sie sorgfältig in mein Taschentuch.

Als ich kurze Zeit darauf die Heimreise antrat, geleitete mich Monoppo mit seinen Leuten an den Strand. Mit kritischen Augen prüfte er mein Schiffchen, sah nach den vier Himmelsrichtungen und sagte: „Der Wind steht gut, es kann gefahren werden."

Meine Entdeckungsfahrt war also reichlich belohnt worden, denn zu meinem Schatz zählte die herrliche Perle von Monoppo und die Perlen, die ich selbst gefischt hatte. Waren meine „Unterwasser-Manöver" auch recht armselig gewesen, so waren sie doch von Glück begleitet, denn in den gefundenen Muscheln entdeckte ich „meine" Perlen. Es waren nicht viele, da manche Muscheln taub waren, aber die wenigen, die ich fand, waren sehr schön.

Besonders dankbar war ich dafür, daß ich in den Gewässern die Wunderwelt Gottes schauen durfte: die bunten Fische, die Seesterne, die See-Anemonen, die kunstvoll geformten Steingebilde, die an Burgruinen erinnerten – wahrhaft überwältigende Bilder der herrlichen Unterwasserwelt. Und noch mehr freute ich mich, in die Herzen der Insulaner von Banggai eingedrungen zu sein. Konnte ich jetzt doch hoffen, diesen guten, natürlichen Menschen einmal vom Welterlöser erzählen zu dürfen.

Nach meiner Rückkehr suchte ich in Menado den Meister der Goldschmiedekunst, Kui Sang, auf. Sein Laden war klein wie es bei den Eingeborenen üblich ist. Man konnte vom Verkaufsladen in die Werkstatt schauen. Die Einrichtung war denkbar einfach: etliche primitive Werkzeuge, die Lötlampe und der Blasebalg, der mit dem Fuß bedient wurde. Kui Sang beschäftigte höchstens sechs Arbeiter, die mit der Stichflamme das Gold bearbeiteten. Meine Kette aber gab der Meister nicht aus der Hand. Er saß monatelang über den Zeichnungen, die ich ihm gegeben hatte, feilte und brannte und ordnete das Ganze, bis es endlich der Vollendung entgegenging. Kunstgerecht wurden die Perlen in die Goldfiligran-Blumen eingefügt. Die größte Perle kam in den Stern, der die Mitte der Kette bildete.

Der alte Meister legte das Geschmeide mit behutsamen Fingern auf eine rote Samtdecke und bot mir stolz das Werk an. Meine Freude war überschäumend und übertrug sich auf den Meister, der sich nur schwer von seinem Meisterwerk trennen konnte.

Schnell eilte ich in meine Wohnung. Mit zitternden Händen legte ich die Kette um meinen Hals und be-

*Die Sternperlenkette*

trachtete mich lange im Spiegel. Plötzlich kamen mir gewisse Zweifel an der Richtigkeit meines Verhaltens. Die Euphorie war gewichen und hatte viele Fragen zurückgelassen: Was hast du nun von deinen tollen Mädchenstreichen? Ist dieser Schmuck nicht viel zu kostbar für dich, wirkt er nicht viel zu protzig? Paßt er überhaupt zu deinem Beruf, den armen Menschen hier zu helfen? Und überhaupt: Was wird mein Onkel, mein Beschützer in diesem fremden Land, dazu sagen, er, der strenge Polizeichef?

Ich gestehe, daß die letzte Frage für mich besonders heikel war. Nun hieß es einen günstigen Augenblick abzuwarten. Eines Abends, als mein Onkel gut gelaunt und entspannt zu sein schien, wollte ich den Versuch wagen. Ich benutzte einen Vorwand, das Eßzimmer zu verlassen, und legte dann mit pochendem Herzen die Kette vor ihm auf den Tisch. „Was sagst du dazu?" Mehr brachte ich nicht über die Lippen.

Mein Onkel war zunächst sprachlos. Seine Gesichtszüge, die ich angestrengt studierte, schienen sich jedoch mehr und mehr zu lösen. Allmählich nahmen sie den Ausdruck eines rechnenden Kaufmanns an. Seine Augen wanderten langsam in die Ferne. Es arbeitete sichtlich in seinem Geiste. Plötzlich zog er gleichsam einen Strich unter die Rechnung, die ihm glatt aufzugehen schien. Und sehr zuvorkommend sagte er: „Zu diesem Schmuck gehört ein prachtvolles Modellkleid. Ich werde dir das schönste und beste besorgen."

Das war der Schlußstrich unter seiner Rechnung. Ich verstand ihn nur zu deutlich. Stießen hier doch gleichsam zwei Welten aufeinander: meine religiöse und seine glaubenslose Welt. Er wollte aus mir schon immer eine Dame von Welt machen, die sich in diesen heißen asiatischen Ländern den Sitten der Europäer anschloß. Alles hatte er versucht, mich von meiner Einstellung zu den Eingeborenen und von meinem aktiven Interesse am Missionswerk abzulenken. Das kostbarste Geschenk wäre ihm nicht zu teuer gewesen, wenn er es damit hätte erreichen können. Und nun hatte ich ihm durch meinen Jugendstreich die Trümpfe in die Hand gespielt.

„In der Halle der ‚Societeit' findet ein europäischer Abend statt. Ich werde dich dort einführen, denn ich bin stolz darauf, dich mit diesem Schmuck und in einem fabelhaften neuen Kleid meinen Bekannten vorstellen zu können."

Der Abend kam. Hohe Regierungsbeamte und angesehene Herren des Großhandels erschienen mit ihren Familien. Herrliche Illuminationen und eine prunkvolle Aufmachung verliehen dem Abend einen fast traumhaftschönen Zauber. Drei Musikkapellen wechselten sich in ihren Darbietungen ab. Ein Gehen und Kommen von europäischer Elite und asiatischer Finanzwelt wogte durch den großen, von Kristalleuchtern schimmernden Saal. Mein Onkel trug seine weiße Staatsuniform mit den vergoldeten Epauletten. Er schien sehr vergnügt darüber zu sein, daß ich an seiner Seite schritt. Mir war ganz seltsam zu Mute. Es war nicht zu vermeiden, daß sich alle Augen auf uns richteten, da ich mich bisher immer vom gesellschaftlichen Leben der Europäer ferngehalten hatte. Nun umringten mich bekannte Persönlichkeiten von Politik und Wirtschaft. Dabei wurde mein Schmuck immer wieder Gegenstand der Bewunderung – und des Neides.

Allmählich aber gingen mir die leeren Worte und Komplimente der inzwischen angeheiterten Gäste auf die Nerven. Mit Abscheu beobachtete ich, wie die Moral der Leute mit vorgerückter Stunde immer tiefer sank. Die Bilder, die sich mir boten, waren abstoßend und ekelhaft. Ich bat einen deutschen Gast, mich nach Hause zu bringen. Da mein Onkel gerade dienstlich zu tun hatte, bemerkte er meinen Verlassen nicht.

„Eitelkeit der Eitelkeiten!" schrie es in mir, als ich in meinen vier Wänden war. Ich riß mir die Kette vom Hals, warf das Kleid auf den Boden und weinte in mein Kopfkissen hinein. „Perlen sind Tränen." Monoppo hatte recht.

Die erste Begegnung mit meinem Onkel nach jenem Abend war natürlich sehr gespannt. Er machte mir große Vorwürfe, weil ich die Feier heimlich verlassen hatte. Glaubte er doch, mich endlich in seinen Händen zu haben. Ich aber hatte an jenem Abend erkannt, daß mein Leben den Mädchen Asiens gehörte. In den Kreisen der demoralisierten Weißen würde ich mich niemals heimisch fühlen.

Zu allem Unglück kam auch noch folgende Nachricht: Mein Onkel wurde von Menado ins 300 Kilometer entfernte Kotamombagu versetzt. Es war klar, daß er mich dorthin mitnehmen würde. „In Kotamombagu werde ich dich klein kriegen. Ich werde dich überzeugen oder, wenn nötig, dazu zwingen, dort einen anderen Weg zu gehen. Mit den Pastoren und dem Kirchenlaufen und dem ganzen Missionskram wird es in den Bergen bald ein Ende haben!"

Auch an meiner Freundin Beng, die bereits Christin war, ließ er seinen Zorn aus. „Sollte ihr Schädel auch hart sein wie Stein, ich werde ihn brechen." Mit einem Mut, der bewundernswert war, antwortete ihm die Asiatin in aller Ruhe: „Hüten Sie sich, eine Seele zu vergewaltigen! Antonia ist bald dreimal sieben Jahre alt. Dann untersteht sie nicht mehr dem Vormund."

Um meinem Onkel aus dem Wege zu gehen, machte ich eine Reise auf eine nördlich gelegene Insel, wo ich Bekannte hatte. In dieser Zeit siedelte mein Onkel in seinen neuen Dienstbereich über. Vorher räumte er jedoch so gründlich auf, daß seine Absicht unmißverständlich klar wurde: Er wollte mich zwingen, bald nachzukommen. Sämtliche Gegenstände ließ er aus der Stadtwohnung in die Berge bringen, selbst Gardinen, Wäsche und meine Handarbeiten. Am meisten schmerzte es mich, daß er auch meine Schmucksachen mitgenommen hatte. „Sie wird ihren Schmuck nie mehr wiedersehen, wenn sie nicht nach Kotamombagu folgt", hatte er im Zorn gesagt.

Was war zu tun? Sollte ich wirklich in die Berge gehen? Der Verstand sagte nein, aber mein Herz hing zu sehr an der Kette, als daß ich sie je hätte aufgeben können. Bernadette Beng, die tapfere Chinesin, half mir über die ersten Schwierigkeiten hinweg. Sie stellte mir ihr Haus zur Verfügung. Bald stand ich auf eigenen Füßen und hatte mir eine Existenz gesichert, die mir erlaubte, tatkräftig an den Aufgaben der Mission und Kirche mitzuhelfen. Dennoch blieb dies nur eine Notlösung.

Da ergab sich plötzlich durch Nelly, Bengs Kusine, eine Gelegenheit, noch gezielter zu helfen. Sie hatte eine Nähschule eröffnet, in der sie fünf Mädchen ausbildete. Ich besprach meine Idee mit ihr: „Wie schön wäre es, wenn wir zusammen ein Haus mieten würden, um darin zu arbeiten! Sollen wir mal auf die Suche gehen?" Wir gingen – und hatten Glück. Die internationale Firma Ledebur besaß verschiedene Häuser, und eines davon stand gerade leer. Die Herren – fast alle Deutsche – hatten für unser Anliegen Verständnis. Besonders der Chef, Graf L., war sehr zuvorkommend. Er war Katholik und wußte offensichtlich von meinem gespannten Verhältnis zum Onkel.

Bereits nach einer Woche wurde uns mitgeteilt, daß wir das freistehende Haus haben könnten. Die Miete betrug nur 40 Gulden. Das Haus lag günstigerweise gleich neben dem Hauptpostgebäude. Man hatte einen sehr guten Ausblick auf das weite Meer und den sonnigen Strand. Für die einheimischen Mädchen und die europäischen Frauen, die sehr viel Interesse am Sticken hatten, war der Platz einzigartig. Allerdings mußten wir hart daran arbeiten, um die Räume schön zu gestalten. Und mehr als einmal schüttelte der erfahrene Missionar, der uns Anweisungen gab, den grauen Kopf, wenn er unseren Übereifer sah. Er schickte einen Bruder, der tüchtig mithalf und mit selbstgezüchteten Kakteen einen herrlichen Blumengarten hervorzauberte.

Die feierliche Hauseinweihung durch den Pater Missionar war für alle, die mitgeholfen hatten, ein echtes Freudenfest. Der Name „Harmonia" strahlte nicht nur über dem Eingang – die Eintracht war hier wirklich zu Gast.

Glückliche Monate vergingen, bis uns eines Tages das Sprichwort: „Glück und Glas, wie leicht bricht das" seine Bedeutung klarmachte. Ein schweres Erdbeben, nichts ungewöhnliches für die Inseln der Südsee, brach am 5. November 1939 über Celebes herein. Um vier Uhr morgens schreckten die ersten Erdstöße die Bewohner aus ihrer Nachtruhe auf. Ich war in dieser Nacht bei den Eltern von Beng, weil ich tagsdarauf zur Messe gehen wollte. Das Erdbeben hatte das ganze Haus verwüstet. Die Wände standen schief, die Türen waren verschoben. Man konnte nur durch die Fenster ins Freie gelangen.

Auf der Straße bot sich ein entsetzliches Bild: Bäume waren entwurzelt, Telefondrähte hingen kreuz und quer übereinander, überall fluteten Wasserströme und ließen die hungrigen Krokodile bis in die Stadt vordringen. Wie ich geahnt hatte, war auch der Pavillon, in dem ich schöne Stunden verlebt hatte, wie ein Kartenhaus zusammengestürzt. Alles lag durcheinander. Die treue Dienerin Rosa lag unter dem Bett begraben, ohne jedoch schwer verwundet zu sein. Das massive Hauptgebäude hatte ziemlich standgehalten, trotz der großen Schäden, die das Erdbeben auch hier angerichtet hatte.

Ich eilte rasch zur Kirche, um dafür zu danken, daß wie durch ein Wunder niemand ums Leben gekommen war. War dieses Erdbeben ein Vorzeichen des Unheimlichen, das seine Schatten vorauswarf?

Immer drohender stiegen am politischen Himmel dunkle Wolken auf. Würde auch Indonesien in den Strudel der sich überstürzenden Ereignisse hineingerissen werden? Plötzlich fühlte ich mich allein – mutterseelenallein, fremd in einem fremden Volk. Eine schreckliche Angst stieg in mir auf und umkrallte mein Herz.

## Zwei Welten prallen aufeinander

Kotamombagu hieß die neue Station meines Onkels. Ein reiches Jagdgebiet, ein neu angelegtes Schwimmbad, herrliche Lage und ein solides Haus luden mich ein. Ich folgte meinem Onkel nicht. Denn sein Ziel war es, mich mit allen Mitteln von meinen „verbotenen Ideen", die sich auf die Ausbreitung des Glaubens bezogen, abzubringen.

„Wir sind schließlich getauf, um Weiteres braucht man sich nicht zu kümmern. Die Missionare sind nicht für die Getauften, sondern für die Ungetauften gekommen." Das war sein Standpunkt, und dieser Gefahr des Abgleitens wollte ich aus dem Wege gehen. Trotzdem spielte ich Tag und Nacht mit dem Gedanken, meine Schätze, besonders die Perlenkette mit den Sternen, zurückzuerobern.

Eines Tages wurde aus der fixen Idee Ernst. Ich machte mich auf den gefahrvollen Weg nach Kota. Mein Onkel begrüßte mich sehr herzlich, als ich dort ankam. Wahrscheinlich glaubte er, das Spiel gewonnen zu haben. Er führte mich durch alle Räume und Anlagen. Als letzten Trumpf, er kannte meine Schwäche gut, zeigte er mir das Schwimmbecken. „Das ist nur für dich so groß angelegt worden. Du sollst es hier schön haben. Ist es nicht wunderbar? Gefällt es dir?"

Meine Kehle war bei seinen gutgemeinten Worten wie zugeschnürt. Ich konnte es nicht über mich bringen, ihm zu sagen, daß ich nur einige Tage bleiben wolle, eben um

… Nein, ich brachte kein Wort heraus, obwohl ich mir darüber im klaren war, daß ich ihn vorbereiten mußte.

Am Abend fand ich Gelegenheit, mit den Dienerinnen zu sprechen. Sie erzählten flüsternd, daß fast jeden Abend hier oder andernorts Tinkgelage stattfinden, daß die Moral in diesem Haus, in das ich einziehen sollte, tief gesunken sei, und daß im Leben dieser Menschen nur weltliche Dinge zählen.

Es dauerte nicht lange, und schon hatte mein Onkel ein frohes Fest arrangiert. Er war bemüht, daß seinen Gästen ein reichhaltiges Essen geboten wurde. Dafür sollte ein großer Fisch, den er selbst gefangen hatte, serviert werden. Einer seiner Gäste, ein junger Polizeiinspektor, war beauftragt worden, mir zu meinem Entschluß über die Niederlassung in dieser herrlichen Gegend zu gratulieren, was ich mit einem stummen Lächeln bejahte. Äußerst zufrieden über meine Reaktion widmete sich mein Onkel gutgelaunt seinen Gästen.

Es war gegen 23 Uhr, als plötzlich das Telefon klingelte. Verärgert und erschrocken zugleich sprang mein Onkel auf und stürzte zum Apparat. Dabei stieß er zwischen den Zähnen hervor: „Was mag nur jetzt mitten in der Nacht wieder los sein?" Ich beobachtete sein Mienenspiel. Es mußte etwas sehr Ernstes passiert sein. Er rief den jungen Polizeiinspektor zu sich und zischte aufgeregt: „Verfluchte Sache! Ausgerechnet jetzt, wo sie da ist!" Dann hörte ich die Worte: „Hunderte sind an diesem Aufstand beteiligt. Es kann zu einem furchtbaren Morden kommen, wenn wir nicht schnell handeln und eingreifen. Die Strafgefangenen haben schon seit einiger Zeit ihren starken Unmut beim Arbeiten gezeigt, wie die wachhabenden

Beamten meldeten, denn durch das Sumpfgebiet nach Gorontalo eine Straße zu bauen, ist harte Arbeit, kein anderer würde freiwillig dazu bereit sein!" – „Ich muß sofort aufbrechen!"

Es schien, als hätten die beiden Männer meine Anwesenheit vergessen. So zog ich mich in die Nähe der Dienerinnen zurück. Plötzlich kam mein Onkel auf mich zu, faßte mich an den Schultern und sagte mit erzwungener Ruhe: „Ich hätte dir einen schöneren Einstand gewünscht. Nun muß ich eine Woche verreisen. Geh unterdessen zu Oei Kim Seng, er ist gut. Amüsiere dich mit Reiten, Fischen und Schwimmen. Erhole dich gut von der lästigen Hitze in Menado!" Auf meine Fragen, was denn eigentlich los sei, antwortete er mit verhaltener Erregung: „Ach, es soll dich nicht beunruhigen ... ein kleiner Aufstand beim Bau der neuen Straße nach Gorontalo."

Ich half noch mit, seine notwendigsten Sachen einzupacken. Das Motorrad mit Beiwagen wurde vollgepfropft. Die Beamten standen binnen weniger Minuten, wie aus dem Boden gewachsen, in schwerer Ausrüstung da. Viel Munition wurde verladen. Anscheinend handelte es sich doch um einen ernsthaften Aufstand. Viele Frauen weinten. Sie bangten um ihre Männer, die sich mit auf den Weg zum Kirsenherd machten. Zum Abschied sagte mein Onkel: „Mach es dir schön! Auf Wiedersehn!"

Ich stand allein vor dem Polizeigebäude und hoffte, daß alles ein gutes Ende nehmen würde. In der Ferne hörte ich noch das Geräusch der Motoren in der dunklen Tropennacht verhallen. Als ich zum festlich gedeckten Tisch zurückkehrte, kam mir der Gedanke, wie rasch doch die

Lust am Feiern vergehen kann. Bald aber stieg eine Frage in mir auf: War jetzt meine große Chance gekommen?

Nachdem die Babus alles aufgeräumt hatten, setzten sie sich auf den Boden und sahen mich mit großen traurigen Augen an. Eine stieß mich am Knie und meinte forschend: „Nona, was denkst du nur? Willst du uns etwa verlassen?" – „Ja", sagte ich, „es muß sein, und ihr könnt mir dabei einen großen Dienst erweisen. Wer ist dieser Oei Kim Seng, von dem mein Onkel sprach?" Die Babus sahen einander verunsichert an. Dann aber eröffneten sie mir mit geheimnisvoller Stimme, daß Oei Kim Seng ein Christ sei und nach dem katholischen Glauben handle. Sein einziger Sohn bereite sich in China auf den Priesterberuf vor. „Oei Kim Seng ist tief religiös", beteuerten die Gefragten.

Ich unterbrach die Babus und erklärte ihnen, daß ich noch in dieser Nacht zurückkehren wolle. Sie waren sehr betroffen, aber sie verstanden meine Beweggründe. Am liebsten wären sie gleich mit mir fortgegangen. Ich versicherte ihnen, daß ganz bestimmt auch für sie noch eine günstige Gelegenheit käme. Jetzt aber sei es ihre Aufgabe, hier beim Onkel Haus und Hof zu versorgen.

Nun mußte ich so schnell wie möglich mit Oei Kim Seng Kontakt aufnehmen. Ein Telefonanruf genügte. Erleichtert vernahm ich die einladende Antwort. Die Uhr schlug gerade Mitternacht, als ich, von einer Babu begleitet, zum Haus des Großkaufmanns ging, wo ich bald schon seine Hilfsbereitschaft erfahren sollte.

Das Haus war voll Wärme, und man konnte den religiösen Geist spüren, der in ihm wohnte. Ich fühlte mich sofort wohl. Glücklicherweise verstand Oei Kim Seng meine schwierige Situation. Außer einem großen Geschäft in Kota besaß er einige Lastkraftwagen, die regelmäßig nach Menado unterwegs waren. Damit war auch die Möglichkeit eines beschränkten Personenverkehrs verbunden. Zufällig stand am nächsten Morgen einer von seinen Wagen startbereit auf dem Parkplatz.

Der Gedanke, daß ihm der Polizeichef wegen meiner Flucht grollen könnte, machte Oei Kim Seng doch etwas zu schaffen. Unruhig lief er etliche Male im Zimmer auf und ab. Plötzlich aber sagte er zu mir: „Verfügen Sie über mich und die Menschen, die Sie brauchen, aber handeln Sie schnell. Sie können in meinem Hause ein Nachtquartier bekommen. Nehmen Sie mit, was Ihnen gehört: dieses Recht kann Ihnen auch ein Polizeichef nicht streitig machen."

Somit war der Weg offen. Die große Schwierigkeit bestand darin, meine Sachen aus dem Polizeigebäude herauszuschaffen, aber zuerst mußte ich das Versteck der Perlenkette entdecken. Als ich nach Mitternacht in die Wohnung meines Onkels zurückkehrte, begegnete ich dem wachhabenden Oberinspektor. Er fragte mich, ob ich Hilfe benötigen würde. Ich sagte, ich müsse nochmals nach Menado zurück, um Verschiedenes zu regeln und würde anschließend wieder hierher zurückkommen. Der Oberinspektor war einverstanden.

Jetzt konnte ich ungehindert handeln. Wo aber mochten sich nur meine Kostbarkeiten befinden? Wo war das Stück, an dem mein Herz besonders hing?

Eine der Babus deutete bei meinem hastigen Suchen auf einen Schrank. Es war ein schwerer Djatiholz-Schrank. Mein Onkel hatte ihn fest verschlossen. Als nun die Babu meine Verzweiflung sah, fing sie bedeutsam an zu erzählen: „Als ich einmal im Zimmer beschäftigt war, konnte ich hinter dem Moskitonetz etwas Verborgenes sehen. Der „Tuan" machte sich dort zu schaffen. Es schienen Schlüssel zu sein, die er aus einer Nische holte, um sie dann an den Koffern und Kisten zu probieren. Anschließend legte er den Schlüsselbund in ein Versteck. Es muß sich wohl in der Wand befinden." Die Überseekoffer standen aufeinander getürmt neben dem Schrank. Sie waren alle verschlossen. Mühsam schoben wir den schweren Schrank etwas von der Wand weg. Und tatsächlich, da lagen die gesuchten Schlüssel. Zitternd griff ich nach ihnen. In welchem Koffer aber sollte ich nun suchen? Meine Nerven waren zum Zerreißen gespannt, mußte ich doch ständig fürchten, ertappt zu werden. Und doch, es war mein Eigentum, das ich vor mißbräuchlicher Verwendung sichern wollte.

Endlich fand ich im kleinen Schmuckköfferchen die feine Kette zusammen mit weiteren Wertsachen. Nachdem ich mit Hilfe der verängstigten Babus meine Kostbarkeiten zusammengerafft hatte, kehrte ich zu dem gastfreundlichen Chinesen zurück, um die Koffer und Pakete im Lastwagen zu verstauen. Es war bereits nach Mitternacht. Müde legte ich mich für zwei Stunden zum Schlafen nieder.

Die in Furcht und Ungewißheit harrenden „Töchter" in Menado dachten bestimmt, mein Onkel würde mich gewaltsam zurückhalten. Wie würden sie sich freuen, wenn sie erfuhren, daß ich mich schon auf dem Heimweg befand. Ich bat Oei Kim Seng, am frühen Morgen in Menado anzurufen, um ihnen meine Rückkehr mitzuteilen.

Es war eine sehr lange und gefährliche Fahrt. Erst am späten Nachmittag konnte ich es wagen, mit meinen Leuten in Menado zu telefonieren. Der Jubel kannte keine Grenzen. Nelly und Beng sprachen fast gleichzeitig in den Apparat. Sie wollten alles ganz genau wissen. Zum Dank und damit auch das letzte Wegstück gut gelinge, wollten sie vor dem Herz-Jesu-Bild das Öllicht anzünden.

Ich nahm wieder vorne im Lastwagen Platz. Die Reise ging weiter durch wilde Klüfte, durch Sümpfe und über schwankende Brücken. Der Boden im Führerhaus war vorne beim Motor glühend heiß, so daß die Schuhsohlen während der Fahrt wie Blätterteig aufsprangen. Es ist kein Kinderspiel, schon gar nicht für eine Europäerin, fast 300 Kilometer auf diese Weise zu reisen.

Am Abend des gleichen Tages kamen wir glücklich in Menado an, wo wir von den „Kindern" bereits fieberhaft erwartet wurden.

Bis jetzt hatte ich mich immer nur um mein persönliches Wohlergehen gesorgt. Die Ruhe und Geborgenheit im alten Heim stimmte mich plötzlich nachdenklich: Was war aus meinem Onkel geworden? Hatte er den Aufstand beilegen können? Wie stand es überhaupt mit der nahen Zukunft? Gewisse Vorbereitungen auf Celebes gaben berechtigten Anlaß zur Sorge. Große Tanks waren bereits im Hafen eingelaufen. Hier im Norden der Insel wurde eine große Menge an Kriegsmaterial an Land gebracht. Die gesamte Bevölkerung war zutiefst beunruhigt. Sie alle fürchteten, daß sich Hitler mit den Japanern verbünden und einen Weltkrieg beginnen könnte.

Eines Morgens traf die Nachricht ein, daß mein Onkel unterwegs nach Menado wäre. Ein Polizist hatte es zu

Nelly gesagt. Daß ich nicht persönlich informiert wurde, verhieß nichts Gutes. Als mein Onkel eintraf, bat ich Gott um seinen Beistand. Aus den eisigen Gesichtszügen des Polizeichefs war abzulesen, mit welchen Absichten er kam. Nachdem er mir die Hand gedrückt hatte, sagte er mit spöttischer Miene: „Das also ist deine neue Wohnung?" Und im bitteren Ton fuhr er fort: „Rechne nicht damit, daß ich dir, was auch kommen mag, Schutz oder Unterstützung gewähre, wenn du nicht sofort wieder in die Berge kommst."

Um ihn von weiteren Drohungen abzulenken, bat ich ihn höflich, zum Mittagessen zu bleiben. Zu meiner Überraschung nahm er die Einladung freundlich an. Meine treuen Babus und die Töchter Chinas ließen es sich nicht nehmen, ein Menü aus besonders vielen Gängen zu erstellen. Das Mittagessen schien meinem Onkel zu imponieren. Er war sehr heiter und gesprächig. War die Ruhe etwa nur vorgetäuscht?

Mein Verdacht sollte sich sehr rasch bestätigen, denn kaum war das Mahl beendet, fragte er: „Kann ich dich irgendwo allein sprechen?" – „Gern, sofort!" gab ich zur Antwort. „Du scheinst dich ja sehr wohl zu fühlen bei deinen Asiaten!" kam es spöttisch von seinen Lippen. Die Hände hinter dem Rücken verschränkt, durchquerte er den kleinen Raum. Er kämpfte dagegen an, die Beherrschung zu verlieren – jedoch ohne Erfolg. Sein Gesicht war blaß, und seine Augen funkelten zornig, als er mich anschrie.

„Eigentlich hätte ich dich ja vor Gericht zitieren und dir einen Prozeß anhängen können. Auch hätte ich dich zwingen können, dorthin zu gehen, wo ich bin. Doch du kennst mich und weißt genau: Ich liebe es nicht, auffällige Szenen zu machen mit einem kleinen Mädchen! Ich appelliere ein letztes Mal an dich, zu mir in die Berge zu kommen. Wenn du dich sträubst, sollst du wissen, daß ich dich allein und schutzlos lassen muß."

Auf meinen Einwand, ob er nicht damit rechne, selbst Opfer des sich ankündigenden Krieges zu werden, antwortete er mit einem arroganten Lächeln: „Krieg? Mich bekommen sie nicht. Ich stehe in holländischen Diensten, zudem leben wir hier weit ab von dem verrückten Nazi-System. Und übrigens bin ich pensionsreif. In den Bergen bin ich sicher, ganz im Gegensatz zu hier. So frage ich dich zum letztenmal: Willst du mein gutgemeintes Angebot annehmen? Wenn nicht, würde dies das Ende unserer Freundschaft bedeuten." Seine Aufregung hatte inzwischen den Höhepunkt erreicht. Mit unbewegter Miene wartete ich ab, bis er geendet hatte.

Mein Onkel schien zu ahnen, daß all sein Flehen und Drohen vergeblich war. Plötzlich wechselte er das Thema: „Komm jetzt mit! Wir gehen einkaufen. Wir lassen uns die schönsten Sachen in Menado vorführen!" Wie ein verliebter Junge bot er mir seinen Arm an, und ich hakte erleichtert ein. Wir gingen einkaufen. Wie seltsam war doch dieser Mann! Er freute sich kindlich, der Welt zu zeigen, wie gut er für mich sorgte.

Zwei Tage blieb mein Onkel in Menado. Dann kam der Abschied. Er bat mich, mit ihm noch ein Stück bis außerhalb der Stadt zu fahren. Ich willigte ein, da ich mit dem Kanu zurückkehren konnte.

Hier am ruhigen Strand mit den sich weit ausdehnenden stillen Wogen der Südsee stand ich dem strengen Poli zeichef ein letztes Mal gegenüber. In seiner funkelnden Uniform war er das Bild eines tapferen und ehrlich kämpfenden Mannes. Sein Blick ruhte ungewohnt lange auf dem blauen Meer. Er schien sehr nachdenklich und in sich gekehrt zu sein. Ich nutzte die Gunst der Stunde, um an sein Gewissen zu apellieren: „Onkel, schlag meine guten Ratschläge nicht in den Wind! Überleg, was du tust! Denk doch an die Möglichkeit eines Krieges! Bitte, halte dich fern von den immer furchtbarer ausartenden Trinkgelagen. Kann denn das noch wahre Freude sein?"

Er drückte mir stumm die Hand. Der spöttische Zug war aus seinen Mundwinkeln verschwunden. Seine Augen sahen mich liebevoll an: „Kind, du lebst in einer anderen Welt. Die meine ist dir fremd. Du scheinst glücklich zu sein. Laß mich! Laß …!" Plötzlich veränderte sich seine Stimme: „Ich kann nicht mehr anders … Leb wohl! Noch einmal sage ich dir: Komm zu mir. Ich erwarte dich!"

Er stieg auf sein Fahrzeug. Bald trug ihn die schwarze Maschine aus meinem Blickfeld. Noch lange hörte ich das Motorengeräusch in der Ferne. Ein ungutes Gefühl beschlich meine Seele. War es ein Abschied für immer? Ich warf mich in den heißen Sand und gab mich meinen Gedanken und Träumen hin. Die ungestörte Einsamkeit des weiten Strandes und das ruhige Wellenspiel des blauen Meeres trugen mich hinweg ins Zeitlose.

Kleine Schritte ließen mich aufhorchen. Still nahm Bernadette, die uns besorgt mit dem Fahrrad nachgefolgt war, neben mir Platz. Sie legte ihre Hände um meine Schultern und flüsterte: „Mami, wir wollen für ihn beten. Du bleibst bei uns, das ist gut. Wir können dir nicht viel bieten, ja, nichts im Vergleich zu deinem Onkel. Aber wir besitzen etwas viel wertvolleres: Gott und seine heilige Kirche. Komm, alle warten auf dich!"

## Ein Licht im Dunkel

Das stille Glück sollte nicht lange in unserem Heim währen. Der Krieg begann sich immer weiter auszubreiten und die Armeen Hitlers bedrohten nun auch die westlichen Nachbarstaaten Belgien, Holland und Luxemburg. Die Deutschen wurden schon seit längerem bewacht, so daß ich mich nur noch in beschränktem Maße frei bewegen konnte. Jetzt aber sollte ich Menado ganz verlassen und in die Berge ziehen. Es wurde mir Tomohon als zukünftigen Wohnort angewiesen.

Da ich diese Entwicklung vorausgeahnt hatte, war es mein Wunsch, daß im Falle eines Krieges mein gesamtes Eigentum an meine Schülerinnen bzw. in den Besitz der Mission übergehen sollte. Alles wurde notariell festgelegt. Den Schmuck und die Sternperlenkette bekam die treue Bernadette. Zuletzt blieben mir nur das eiserne Moskitobett und ein paar Handkoffer mit Kleidern und Wäsche.

In Tomohon wurde mir ein Haus zugewiesen, in dem ich vorübergehend allein leben und polizeilich beaufsichtigt werden sollte, bis ich mit all den anderen deutschen Frauen von Celebes in ein Sammel-Lager auf der Insel Java gebracht würde. Wie eine Löwin hatte Bernadette um mein Bleiben in Menado gekämpft, und als sie sah, daß alles vergeblich war, erhielt sie immerhin die Erlaubnis, mit mir in die Berge gehen zu dürfen. Auch meine Babu, die treue Sahempa, und Samuel, der Boy, durften mit mir kommen. Ihre Treue war mir auf meinem beginnenden Leidensweg ein großer Trost. Es sollte aber noch ein Licht ganz anderer Art in diese dunkle Zeit fallen.

Tomohon war mir nicht unbekannt. Hier wirkten auch die „Schwestern von der Heiligen Familie". Vor einem halben Jahrhundert waren sechs dieser Schwestern nach Celebes gekommen. Auf einem Ochsenkarren fuhren sie in die Berge, um in Tomohon ein Haus zu errichten. Nach und nach hatte sich die Mission ausgedehnt: eine Normalschule, ein kleines und ein großes Seminar, ein großes Krankenhaus, sowie eine Kinder- und Nähschule waren entstanden.

Von den sechs Schwestern der ersten Gründung lebten damals noch drei, darunter Schwester Boniface aus Essen, mit dem bürgerlichen Namen Anna Josefine Meyer. Fast Übermenschliches hatte diese Schwester auf allen Gebieten geleistet. Stein auf Stein fügend, hatte sie von den ersten Anfängen an rastlos zum Aufbau einer herrlichen, vielversprechenden Missionsstation beigetragen. Als Lehrerin entfaltete sie nicht nur eine umfangreiche erzieherische Tätigkeit, sondern schrieb sogar in erstaunlicher Beherrschung der Landessprache zu sämtlichen Kirchenliedern die malaiischen Übersetzungen. In Nord-Celebes gibt es viele Frauen und Männer, die eine wunderbare Stimme haben. Aber mehr noch als die Menadonesen zeichnen sich die Sangiresen durch ihren herrlichen Gesang aus.

Schwester Boniface war schon seit langem bemüht, mich für das Ordensleben zu gewinnen. Außerdem war sie fest davon überzeugt, daß ich im Kloster besser vor den drohenden Gefahren geschützt wäre. Sie wußte, daß ich das Herz auf der Zunge hatte und manchmal öffentlich Dinge aussprach, die mir eines Tages vielleicht zum Verhängnis werden könnten. Zudem hatte ihr meine Mutter aus der Heimat öfters geschrieben, weil auch sie befürchtete, daß ich bei meiner Offenheit leicht Gefahr laufen könnte.

Zwar mußte Schwester Boniface schon bald einsehen, daß ich nicht dazu berufen war, Nonne zu werden, trotzdem blieb sie mütterlich um mich besorgt. Dies sollte ich auf eine ganz besondere Art erfahren. Von der holländischen Behörde wurde ich mehrmals nach Menado gebracht, um dort verhört zu werden. Bei der Rückkehr von einer dieser „Sitzungen" stießen wir in einer gefährlichen Kurve mit einem entgegenkommenden Fahrzeug zusammen, wobei ich eine schwere Gehirnerschütterung erlitt. Wochenlang mußte ich in einem dunklen Zimmer liegen. Der verständnisvolle Missionsarzt Dr. O. besuchte mich mehrere Male. Er ordnete an, daß ich für einige Zeit zur Untersuchung ins Hospital gebracht werde. Der schreckliche Gedanke vom Gefängnis oder dem Abtransport nach Japan begleitete mich dabei auf Schritt und Tritt.

Es nahte die Fastenzeit. Allmählich konnte ich, von Bernadette geführt und gestützt, wieder gehen. Die Militärpolizei hatte uns die Erlaubnis gegeben, den Gottesdienst mitzufeiern, allerdings unter Bewachung. Ich durfte auch täglich das Kloster besuchen, in dem Mutter Boniface lebte. Mit äußerster Kraftanstrengung schleppte sich die 77jährige Schwester Boniface, die an einer unheilbaren Krankheit litt, in das Sprechzimmer. Allmählich wurde mir klar, wie sehr ihr mein Wohlergehen doch am

Herzen lag. Um nach ihrem baldigen Tod nicht schutzlos zurückzubleiben, hatte sie einen Plan gefaßt.

In der Klosterkirche stand eine Madonnenstatue, an deren linker Hand eine Kette mit dem Schlüssel des Hauses hing – als Symbol, daß Maria über Haus, Kloster und Mission wachen möge. Diese Kette, eine kunstvoll in sorgfältiger Handarbeit gedrehte Kordel aus Silber, die Schwester Boniface einmal von ihrem Bruder in Essen als Geschenk mit in die Südsee gebracht hatte, wollte sie mir schenken. Sie würde mich vor allen Gefahren beschützen.

Es nahte der Aschermittwoch. Der Zustand der Schwester war inzwischen sehr bedenklich geworden. Noch einmal, es sollte das letzte Mal sein, brachte man Schwester Boniface in das Sprechzimmer, in dem sich nun folgende Begegnung abspielte. Mit großer Anstrengung sagte die ehrwürdige Ordensfrau: „Tony, du bist meine letzte und größte Sorge vor dem Sterben. Ich habe alles erfahren, was dir zugestoßen ist und noch bevorsteht. Armes Kind! Wie teuflisch ist die Welt, daß sie dich ins Gefängnis bringen wollen. Nein, Kind, das überlebe ich nicht. Was hätte ich noch alles für dich tun wollen! Nun habe ich den Heiland ganz innig gebeten, daß er mich zu sich rufe, denn ich könnte es nicht überstehen, daß sie dich abtransportieren … Wohin? Sieh diese Kette! An ihr hat die Gottesmutter, als Verwalterin der Missionshäuser auf dem „Marienhügel", vierzig lange Jahre die Schlüssel getragen. Mit dieser Kette binde ich dich jetzt gleichsam in aller Not und Verfolgung an Maria. Wenn ich bald in der Klausur sterbe und dich, was mich sehr schmerzt, nicht mehr sehen darf, dann komm noch einmal in die Kapelle, wo man mich aufbahren wird. Leg mir die Kette auf das Herz, das nicht mehr schlägt, aber am Throne Gottes bitten wird, daß dir das Schwerste erspart bleibt: eine menschenunwürdige Gefangenschaft. Nun geh, ich bin beruhigt. Ich weiß dich sicher bei Maria. Mein letzter Wunsch wäre, daß du mir sagen könntest: Schwester Boniface, ich komme zu euch …"

Es folgte eine lange Pause. In manchen Augenblicken bedeutet Schweigen mehr als Reden. Ich konnte nicht Ja sagen, und jetzt erst recht nicht. Hätte es nicht ausgesehen, als wollte ich mich hinter den schützenden Klostermauern verstecken und so meinem Los entgehen? … Ich fühlte mich des Geschenkes, das Schwester Boniface in meine Hände gelegt hatte, so unwurdig. Mir schien, als würde es meine Hände verbrennen. Statt einer Antwort weinte ich heiße Tränen. Dann umarmte mich die gute Schwester mit mütterlicher Liebe, als wollte sie mich vor dem kommenden Unheil beschützen. Es war das letzte Mal, daß ich Schwester Boniface sah.

Als ich am folgenden Tag nach dem heiligen Opfer zu ihr gehen wollte, begegnete ich Mutter Irmingard. Sie hatte mich beobachtet, wie ich mit großen Schritten die Treppe hinauf rannte. Sie schaute mich vorwurfsvoll an: „Denk an deine Gehirnerschütterung! Die Blutungen sind noch nicht vorbei." In der Hoffnung, noch einmal zu Schwester Boniface vorgelassen zu werden, ließ ich nicht locker, aber Mutter Irmingard wehrte energisch ab: „Die gute Schwester ist am Ende ihrer Kraft. Sei vernünftig, Kind. Wir können es nicht erlauben. Schwester Boniface bringt bald ihr letztes und schwerstes Opfer." Ich mußte mich schweren Herzens damit abfinden.

Am Vorabend des Aschermittwochs erschien Schwester Rosa und bat mich, in die Klosterkapelle zu kommen. Meine Anwesenheit würde die im Sterben liegende Schwester beruhigen. Ich betete lange für meine mütterliche Freundin.

Der Todeskampf zog sich über viele Stunden hin. Am nächsten Morgen, als ich wieder zum Kloster gehen wollte, hatte man bereits Pater D. verständigt. Schwester Boniface lag in den letzten Zügen. Vor ihrem Ende wiederholte sie mehrmals die Worte: „Oh Jesus, schütze Tony. Mutter Gottes, sorge für sie!" Mit dem letzten Seufzer: „Mein Jesus, Barmherzigkeit!" erlosch ein Leben unermüdlicher Arbeit im Dienste der Mission. Ich erfüllte gerne den Wunsch, ihren Sarg würdig zu schmücken. Mit dem Versprechen, in allen Prüfungen tapfer zu bleiben, legte ich die Kette über die kalten Hände.

Das Begräbnis, das eher einem Triumphzug glich, fand bei strahlendem Sonnenschein statt. Die katholische Schuljugend und viele Einwohner der Stadt geleiteten die Tote, die ein einzigartiges Beispiel aufopfernder Hingabe und unverdrossener Berufstreue im Dienste Christi und aller ihr anvertrauten Menschen von Nordcelebes gewesen war, zu ihrer letzten Ruhestätte.

## Die verhängnisvolle Geburtstagsfeier

Heiß, schwül und drückend glitten die Tage und Wochen in Tomohon dahin, bis mich eines Tages ein Telefongespräch aus meinen Selbst-Beruhigungsmanövern herausriß. Es handelte sich um meinen Onkel. Am 10. Mai 1940 war Hitler in Holland einmarschiert. Da wir kein Radio hatten, konnten wir von den Vorgängen, die sich 10000 Kilometer entfernt im kleinen Europa abspielten, nichts wissen. Dieser Tag war für uns alle der Beginn einer schrecklichen Tragödie!

Der 10. Mai war zugleich der Geburtstag meines Onkels. Er hatte viele Gäste eingeladen, von denen etwa ein Drittel Deutsche und zwei Drittel Holländer waren. Es war ein Fest der Freude, denn mein Onkel war bekannt für seine Gerechtigkeit, seines organisatorisches Talent und seine unantastbare Treue im Dienste Hollands. Er hatte sich unmißverständlich von dem nationalsozialistischen Regime und dem krankhaften Größenwahn des Führers abgewandt.

Man hatte ein Zelt errichtet und ahnungslos gefeiert, als plötzlich bewaffnete Männer hereinstürmten und die Gäste bedrohten. Zunächst hielten es alle für einen dummen Scherz. Als sie jedoch erfuhren, daß Hitler in Holland eingefallen war und das holländische Ministerium die Verhaftung aller Deutschen in den Kolonien durch das Radio bekannt gegeben hatte, wurde ihnen der bittere Ernst dieses Vorfalles bewußt. Sie spürten am eigenen Leib, wie der Krieg in einer Minute aus Freunden Feinde werden ließ.

Vor der Tür stand ein Viehwagen mit einem Dach aus Drahtgeflecht. Auf dem Boden des Wagens lag noch der Mist von den Tieren. In aller Eile wurden die Gefangenen auf den Wagen gezerrt und ins 300 km ferne Tondano gebracht. 47 Deutsche kamen an diesem Tag dort an, darunter befand sich auch ein Pater aus unserer Missionsstation. In Tondano wurden sie hinter hohe Mauern gesperrt, die mit elektrisch geladenen Drähten versehen waren. Die Männer wurden ohne Rücksicht wie Tiere zusammengepfercht. Zu aller Not gab es weder Waschgelegenheiten noch eine menschenwürdige Ernährung. Viele begannen in relativ kurzer Zeit bereits geistig abzustumpfen oder waren verzweifelt am Ende. Selbst der hochwürdige Pater konnte mit seinen Versuchen, an die Menschlichkeit zu appellieren, nichts erreichen.

Der Telefonanruf aus Menado, der mich an jenem schwülen Tag aus meinem „Selbstberuhigungsmanöver" herausriß, besagte, daß es mir frei stehe, meinen Onkel zu besuchen und ihm Wäsche zu bringen. Ich machte geltend, daß ich dann zuerst nach Kota fahren müsse, um von dort seine Sachen zu holen. Da ich selbst Häftling war, wurde dies erst nach langen Verhandlungen gestattet.

Der Fahrer von Oei Kim Seng, dem tapferen Fluchthelfer in jener Nacht, brachte mich unentgeltlich nach Kota. Es war mir seltsam zumute, als ich zum letzten Mal die herrlich eingerichteten Räume betrat, um das Notwendigste zusammenzuraffen. Nur eine Stunde war mir für das Packen gegeben worden. Wie öde war es nun in diesen Räumen, in denen ich in jener Nacht heimlich die kostbare Kette gefunden und in Sicherheit gebracht hatte.

Auf einem unbequemen Lastwagen, der die ganze Nacht hindurch fuhr, kam ich in Tondano an. Unzählige Formalitäten mußten erledigt werden, um im Lager vorgelassen zu werden. Ich wartete zwischen bewaffneten Soldaten, bis der Name des Häftlings aufgerufen wurde. In der einen Hand hielt ich das kontrollierte Bündel Wäsche und in der anderen Hand etliche Früchte und Eßwaren. Plötzlich sah ich einen von Hunger gezeichneten Menschen auf mich zuschwanken. Wie von Sinnen starrte mich diese gebrochene Gestalt an. Ich trat ganz nahe an ihn heran und schüttelte seine Hand: „Welch ein Treffen, Onkel!" Meine Stimme schien ihn aus seiner Lethargie herauszureißen. Gierig griff er nach den Früchten und verschlang sie hastig. Dann nahm er die Kleider. Seine Augen sagten, wie unendlich dankbar er mir war.

Gestärkt schritt er zur Baracke, um die Wäsche zu wechseln. Als er mir die schmutzige Wäsche, an der noch Blutspuren klebten, übergab, flüsterte er: „Achtgeben!" Ich verstand. In meinem Exil durchsuchte ich später die Kleider. Im Ärmel eines Hemdes fand ich schließlich kleine Schmucksachen und einen Zettel, auf dem er mit zittriger Hand geschrieben hatte: „Hilf mir, wo du kannst! Schick Eßwaren! Sorge etwas für mich! Ich danke dir!"

Es war mir ein großer Trost zu wissen, daß der mitgefangene Pater S. mit allen zur Verfügung stehenden Mitteln versuchte, den Männern beizustehen. Dieser Priester hatte den Bischof auf Knien gebeten, nichts zu seiner Befreiung zu unternehmen, damit er sich der armen Gefangenen annehmen könne. Von dieser heroischen Hingabe war selbst mein Onkel gerührt, wo er doch früher nur Spott für die Arbeit der Missionare übrig hatte.

Vier Monate lang waren die Deutschen im Lager von Tondano in Haft. Ein- bis zweimal wöchentlich machten wir – auch andere deutsche Frauen hatten die Erlaubnis bekommen – die 32 km lange Tagesreise, um den Gefangenen Kleider, Eßwaren und Medikamente zu bringen und so ihr Leid etwas zu lindern. Wichtiger als alles andere jedoch erschien es mir, die Seele meines Onkels Schritt für Schritt zu Gott zu führen, dem einzigen wahren Halt im

Leben. Alles mögliche mußte zu diesem Zwecke dienen. Einmal brachte ich eine Tabakspfeife mit ins Lager: „Schau, Onkel, was mir erlaubt worden ist! Eine Pfeife! Nimm sie! Du hast doch sicher Freude daran!" Ich glaubte, ein kleines Lächeln in seinem Gesicht zu erkennen. In dieser Situation gestand er mir: „Allmählich verstehe ich, weshalb du damals deine Sachen aus den Bergen holtest. Unsere Welten waren damals leider zu verschieden. Ich denke oft an die Worte, die du mir beim Abschied sagtest!"

Ich erzählte ihm, daß die kostbare Kette in den treuen Händen von Bernadette bestens aufgehoben sei. Da kam ein Seufzer der Erleichterung über seine Lippen. Ich wagte immer offener von Gottes Vorsehung zu sprechen. Langsam schien sich das dürre Erdreich dem Tau des Himmels zu öffnen. Mein Glaube und Gottvertrauen beeindruckten ihn tief: „Deine Kraft kann nur aus einer anderen Welt kommen! Bete! Zum Dank vermache ich dir mein ganzes Vermögen. Ich werde es bei der Kommandantur schriftlich niederlegen." Er hatte es gut gemeint, aber leider war es absolut unrealistisch! Das ganze Eigentum der Deutschen war ja schon längst beschlagnahmt worden.

Es war August geworden. Da traf der Befehl zum Abtransport der Männer ein. Im Lager spielten sich erschütternde Szenen ab. Kinder klammerten sich schreiend an ihre Väter. Frauen zitterten und bebten am ganzen Körper und konnten sich nicht trennen. Die letzten Abschiedsworte der Männer gingen im Weinen unter. Selbst der Kommandant schien Mühe zu haben, angesichts der seelischen Qualen auf dem Vollzug des Befehls zu beharren.

Mehrmals wandte er seinen Blick ab, um nicht den herzzerreißenden Abschied mitansehen zu müssen. Niemand wußte, wohin die Fahrt gehen sollte.

Ganz zum Schluß verließ mein Onkel das Lager. Ich hatte mich innerlich bereits auf diese Stunde gewappnet, und so blieb ich ruhig und gefaßt, als dieser Augenblick kam. War zwischen uns beiden auch nicht das enge Verhältnis von Vater und Kind, oder von Mann und Frau, so fühlten wir dennoch die Besonderheit in diesem Abschied! So hart unsere Charaktere und Weltanschauungen bisweilen auch aufeinander geprallt waren, umso entschlossener kämpfte jetzt jeder für den anderen. Ich dachte an seine Seele, er an meine ungewisse Zukunft.

„Onkel, denk an Gott, dann wird alles gut!" Ich zeichnete dem zutiefst erschöpften Mann ein Kreuz auf die Stirn und berührte sie mit geweihtem Wasser. „Verzeih mir! ... Ich danke dir für alles! ... Bete! ..." Mehr konnte er nicht über die Lippen bringen. Aber diese wenigen Worte genügten mir. Hatte mir doch der barmherzige Herr einen Funken Hoffnung in die aufgewühlte Seele gesenkt. Dann verschwamm alles vor meinen Augen ...

## In die Berge verbannt

Nach dem Abschied von meinem Onkel überfiel mich ein Gefühl der Einsamkeit und des Ausgeliefertseins. Mein Schicksal lag jetzt in den Händen von Menschen, die nur ein Ziel verfolgten, mich so bald wie möglich unschädlich oder zumindest mundtot zu machen. Denn als „Nona Polisi" hatte ich manche Einblicke in Machenschaften gewonnen, und dies konnte gewissen Leuten sehr peinlich werden. Mein Onkel war bereits unschädlich gemacht, andere Beamte waren versetzt oder verschleppt, nur ich stand als einzige Mitwisserin noch im Wege. Daß man vor nichts zurückscheute, um alle Spuren zu verwischen, war mir klar.

Da streckte sich mir plötzlich eine gütige Hand entgegen, die mich retten wollte. Es war mir gestattet worden, die Aussätzigen-Anstalt von Malalayang zu besuchen. Ich lernte dort einen japanischen Arzt kennen, zu dem ich sofort Vertrauen faßte. Ich schilderte ihm meine augenblickliche Situation und die drohende Gefahr.

Nach einigem Nachdenken unterbreitete er mir einen sehr kühnen Plan. „Für Sie gibt es nur eine Möglichkeit: Sofort handeln! In dem nur vier Autostunden von Malalayang entfernten Handelshafen Iniboto liegt eines unserer japanischen Schiffe, das in den nächsten Tagen mit Ware auslaufen wird. Dorthin kann Sie meine Frau mit dem Auto bringen. Doch müssen Sie sich, so wie Sie sind, in dieser Stunde entscheiden. In Japan bekommen Sie Kleidung und alles, was Sie noch brauchen, dafür bürge ich. Überlegen Sie bitte nicht lange! Was Ihnen hier bevorsteht, können Sie sich ja selber ausmalen: eine lange Gefängnishaft oder sogar der Tod. In diesen Zeiten werden Gerichtsurteile willkürlich gefällt und Gewalttaten stehen an oberster Stelle der Tagesordnung."

Das Angebot war verlockend, die Gelegenheit einmalig. Dennoch lehnte ich die Flucht ab. Enttäuscht und fassungslos schaute mich der japanische Arzt an. Langsam schien ihm jedoch ein Licht aufzugehen. „Ich glaube ganz leise zu ahnen, was Sie dazu drängt, ein glattes Nein zu sagen: Sie sind im Herzen Missionarin, nur so kann ich es mir erklären!"

Genau das war der springende Punkt. Ich konnte Bernadette, die mit mir in die Gefangenschaft gegangen war, und alle andern, die mir zur Seite standen, nicht enttäuschen. Denn Bernadette und Rosa sowie der treue Samuel hatten lange um die Erlaubnis gekämpft, bei mir zu bleiben und sie teilten jetzt mit mir das traurige Los der Verbannung. In unserem notdürftig eingerichteten Asyl waren wir wie eine Familie zusammengewachsen. So armselig es auch in unserer Hütte zuging, der Humor fehlte nicht. Als eines Tages Bernadettes Bruder zu uns in die Berge kam und schelmisch fragte: „Wie heißt denn eure Villa hier!" antwortete ich ganz spontan „Fata Morgana", da mir in diesem Augenblick alles wie eine Fata Morgana vorkam. Der Junge holte sofort Farbe und Pinsel und malte diese Worte an die Vorderfront unserer „Villa".

Die Zeit der Gefangenschaft in Tomohon dauerte bis April 1941. Sie wurde immer wieder durch lästige Verhöre unterbrochen, die in Menado stattfanden. Ich sollte als Mitwisserin der Polizeiakte, die mein Onkel geführt hatte, zur Rechenschaft gezogen werden. Auch wurde mir vorgeworfen, an politischen und polizeilichen Handlungen teilgenommen zu haben. Ein Fall soll die Situation erhellen. So war zum Beispiel in den Jahren 1936/37 ein Prozeß gelaufen, der einen Goldraub betraf und von meinem Onkel geführt werden mußte. Als gewissenhafter und unbestechlicher Beamter war er gerade für solche Fälle besonders geeignet. Ich war von ihm als seine Vertraute in diesen Prozeß eingeweiht worden. Nun waren im vorliegenden Fall unter anderem auch einige Kolonialbeamte aus dem Polizei-Corps beteiligt. Diesen bot der Ausbruch des Krieges natürlich eine gute Chance, heimlich nach Amerika zu flüchten. Aufgrund meiner Kenntnisse sollte ich nun irgendwie aus dem Verkehr gezogen werden.

Im Dezember 1940 wurde das Urteil über mich gefällt. Wegen eines harmlosen deutschen Liedes, das ich gesungen hatte, legte man mir „Sympathie mit dem Feind" zur Last. Ich wurde zu einer Gefängnisstrafe verurteilt. Mit Hilfe von Freunden beantragte ich beim Procureur General B. in Batavia ein Revisionsverfahren. Die Aussicht auf Erfolg war jedoch ziemlich gering. Für den Fall einer Ablehnung begannen wir in der Nacht, meine Wertsachen im Keller zu verstecken. Plötzlich drang ein gewaltiger Lärm an unser Ohr. Von überall her liefen die Leute zusammen, und wir hörten, wie sie angstvoll durcheinanderriefen.

Bernadette, die ebenfalls hinausgelaufen war, rief: „Mami, schau, was bedeutet das?" Ein Komet mit einem riesigen Schweif stand am Himmel und leuchtete gespenstisch in der dunklen Nacht. In seinem hellen Glanz verblaßten alle übrigen Sterne. Das Phänomen dauerte ziemlich lange, und noch nach Stunden blieb der Schweif des Kometen sichtbar. Von Natur aus abergläubisch legte Bernadette dem Ereignis eine schlimme Bedeutung bei. Sie wurde durch einen greisen Mann noch darin bestärkt, der im Vorbeigehen rief: „Gott wird auch bei uns Krieg zulassen, noch in diesem Jahr. Die Sterne haben gesprochen!"

Daß neun Monate später tatsächlich der Krieg in Japan ausbrechen sollte, wußte zu diesem Zeitpunkt allerdings noch keiner. Das merkwürdige jedoch an diesem Kometen war die Richtung von der er kam, nämlich aus dem „Land der Sonne". Dazu meinte Bernadette: „Wenn es wirklich Krieg gibt, so ist es ratsam, wie es im Koran heißt und wie es schon die alten Chinesen erzählten, schnell alles vorzubereiten. Auch als Christen wissen wir aus dem Evangelium, daß es schon immer Kriege und Verfolgungen gegeben hat und auch in Zukunft geben wird."

Wir machten uns also an die Arbeit, unsere Wertsachen zu verstauen. Ich hatte bereits einen metallbeschlagenen Koffer für den Überseetransport gekauft. Er besaß einen Einsatz, der auf zwei seitlich angebrachten Leisten ruhte. Wir lösten den Stoff, nahmen die beiden etwa fünf Zentimeter dicken Leisten heraus und ließen sie von einem Schreiner als „Hohlträger" umarbeiten. In die Höhlung legten wir die Schmucksachen, und umhüllten sie gut mit Watte. So bargen wir Broschen, Ringe und die kostbare Perlenkette zusammen mit zwei Andachtsbildchen der Himmelsmutter und des hl. Antonius, meines Namenspatrons. Sie sollten über die Schätze wachen. Dann klebten wir den Stoff wieder sauber darüber, so daß niemand auf die Idee kommen würde, mehr als nur die starken Trägerleisten darunter zu vermuten.

Als wir unser Werk begutachteten, wurde uns doch etwas seltsam zumute. Treuherzig sagte Bernadette: „Mami, das findet bestimmt niemand, selbst wenn es Jahre, ja sogar für immer versteckt bleiben sollte. Die Gottesmutter und der heilige Antonius werden es treu hüten. Ich, Mami, verspreche dir in dieser Nacht hoch und heilig, wie ein Grab zu schweigen."

Es war schon nach Mitternacht. Wir legten uns mit den Kleidern ins Bett, da wir gleich in aller Frühe zur Kirche gehen wollten. Obwohl wir beide todmüde waren, konnten wir nicht einschlafen. Bald merkte ich, wie Bernadette in ihr Kissen hineinweinte. Ich tröstete sie: „Wir sind durch Jesus und Maria verbunden. Aus dieser Verbindung kann uns niemand herausreißen, wo auch immer wir sein mögen!"

Schweigend gingen wir am Morgen zum Gottesdienst. Wehmütig hing jede ihren eigenen Gedanken nach. Unsere Zungen waren wie gelähmt. Aber auch darin lag ein Sinn: In solchen Augenblicken spricht Gott zum Herzen.

Die stillen Tage der Karwoche lenkten meine Gedanken oft zurück in die Vergangenheit. Sie gingen zu Bernadettes Elternhaus, wo wir einmal am Vorabend des Herz-Jesu-Freitags bis Mitternacht die heilige Stunde hielten. Wir hatten ein kleines Altärchen aufgebaut, davor verrichteten wir unsere Sühnegebete. Die beiden Schwestern von Bernadette, Eng Goat Tjoa und Ida, waren noch Buddhistinnen, so wie die Eltern auch. Als die Mädchen merkten, daß die ältere Schwester und ich beten, schlichen sie leise flüsternd an die Tür. Ich drückte ganz überraschend die Klinke und blickte geradewegs in die verdutzten Gesichter von Eng und Ida. Peinlich berührt starrten sie auf die kniende Beng und auf das bescheidene Altärchen. Hatten sie möglicherweise etwas anderes erwartet? Suchten ihre Augen nach irgendwelchen verräterischen Spuren? Vielleicht waren sie der Meinung, daß sich im Hause ihrer Eltern etwas Geheimnisvolles oder sogar Grauenvolles abspielen würde, so wie die Heiden es sich oft von den Christen erzählen. Aber es waren nur zwei Menschen, die beteten. Wirklich nicht der Mühe wert, daß man um Mitternacht herumschleicht. Und doch war da etwas, was die beiden reizte: Das Bild des Nazareners, dessen Namen sie schon so oft in der Schule gehört hatten.

Ich unterbrach die Stille und fragte: „Warum stört ihr uns? Wir beten. Zieht euch zurück!" Eng vermochte ihren Groll nicht länger zu verbergen und rief: „Aber ich, ich werde nie vor dem Nazarener knien!" Bekräftigend murmelte auch Ida ein paar ähnlich lautende Worte. Es tat weh, mit welcher Ablehnung die beiden Mädchen über Jesus gesprochen hatten. Ich nahm das Herz-Jesu-Bild und schrieb drei kleine Buchstaben darauf: E.G.T. Mit Tränen in den Augen bat Bernadette: „Bitte, sei meiner Schwester Eng nicht böse. Sie ist noch Heidin. Gewiß wird der Heiland sie bald zu finden wissen." „Darum habe ich ja gerade ihren Namen auf das Bild geschrieben, damit die Kraft des Heilandes in ihrem Herzen über die Ohnmacht des Heidentums siegen möge. Dafür wollen wir nun weiterbeten und sühnen."

In der St. Ignatiuskirche erlebten wir damals ein herrliches Weihnachten. Nach der feierlichen Mitternachtsmesse kamen viele Andersgläubige, darunter auch Heiden, zur Krippe. Sogar Eng und Ida hatten sich eingefunden. Still und zaghaft näherten sie sich der Weihnachtskrippe. Bei ihrem Anblick wurden sie von der Gnade Gottes wahrhaft überwältigt. Es ging alles ganz schnell: Staunen, Ahnen, Ringen, Beten. Zuletzt das Knien. Vorsichtig stellte ich mich zu den beiden: „Hier seht ihr die Nachahmung der Geburt des Nazareners in Bethlehem, vor dem ihr nicht knien wolltet." Mit flehenden Blicken flüsterten sie: „Bitte, lassen Sie uns! Wir wollen auch seine Kinder werden! Wir wollen auf den Knien seinen göttlichen Segen erflehen!"

Und nun wurden sie getauft! Das Eis war langsam von ihrer Seele weggeschmolzen und das Licht der Wahrheit strahlte ungehindert in ihre Herzen. Hier hat sich wieder einmal das Wort des Herrn erfüllt: „Wenn ich erhöht sein werde, will ich alle an mich ziehen."

In der folgenden Passionszeit hatte der Karfreitag einen eigenen Glanz. Nach der in meiner Saarheimat herrschenden Sitte bat ich Bernadette, mit mir von 13 bis 15 Uhr in der Kirche zu beten. Zu kaum einer anderen Zeit des Lebens mag unsere Seele mit so viel Innigkeit und Vertrauen vor Gott gerungen haben wie an diesem Karfreitag. Als wir aus der Kirche traten, ergriff ich ganz spontan Bernadettes Hände und sagte mit fester Stimme: „Nun bin ich für alles Kommende gestärkt. Jetzt bin ich auch bereit, ins Gefängnis zu gehen!" Sie aber schüttelte den Kopf: „Nein, Mami, nicht für das Gefängnis, für die Freiheit habe ich gebetet!"

Wir waren kaum auf dem Heimweg, als Samuel, der treue Diener, auf uns zustürmte. In höchster Aufregung rief er: „Schnell, Nona, die Polizei ist da ... von Menado!" Mit festen Schritten ging ich dem ungewissen Schicksal entgegen. Ich spürte, wie Bernadettes Hand in der meinen zitterte. Schon von weitem sahen wir den Polizeiwagen vor unserer „Fata Morgana" stehen. Unter den Polizisten erkannte ich einen Herrn Lasut. Er war Indonesier, stand aber in holländischen Diensten. Er hatte mir in der Vergangenheit schon des öfteren geholfen. Einer der Polizisten kam auf mich zu und sagte: „Von dieser Stunde an sind Sie eine Gefangene. Sie sind zu drei Monaten Gefängnis verurteilt und kommen nach Semarang. Unterschreiben Sie! Ihre Strafe wird morgen, den 12. April, in Kraft treten. Das Polizeiauto wird Sie zum Schiff bringen."

Der gute Lasut hatte mich während der ganzen Szene nicht aus den Augen gelassen. Offenbar suchte er krampfhaft nach Worten der Entschuldigung und des Trostes, jedoch ohne Erfolg. Bernadette fiel gebrochen in einen Sessel. Lasut näherte sich mir unauffällig und flüsterte: „Man will Sie am Ostertag wegbringen. Ich werde sofort nach Menado gehen, um dort zu erwirken, daß Sie noch vierzehn Tage hier bleiben können. Sie müssen erst Kräfte sammeln."

Als ich die Unterschrift gegeben hatte, entfernten sich die Beamten. Ein Wachposten hatte vor dem Haus Stellung bezogen. Lasut winkte mir aus dem Wagen zu, bis er um die Ecke bog. Gedankenversunken starrte ich in die Ferne ... „Mami, wie konnte Gott zulassen, daß du von uns weggenommen wirst?" rief Bernadette verzweifelt aus. „Ich habe doch so innig gebetet, daß ich keinen Augenblick daran zweifelte, erhört zu werden. Wenn du wenigstens nach Japan gebracht würdest! Ich werde es nicht überstehen, dich im Gefängnis zu wissen!" Ich faßte ihre Hand und zog sie vor das mit Kohle gemalte Bild des Gekreuzigten. „Willst du wirklich schwach werden, jetzt, da es gilt, stark zu sein? Jetzt, wo es gilt, mir zu helfen? Stets habe ich erklärt: Es wird für etwas gut sein. Es würde mir sehr leid tun, wenn du jetzt versagst. Wer ging mit Christus bis nach Golgotha?" – „Mami verzeih! Aber es ist so schwer!"

Der treue Samuel warf sich vor meine Füße nieder: „So werde ich mich morgen vor das Auto werfen, damit sie nicht fahren können!" Wie schön ist doch Treue, gerade bei den Naturvölkern! ...

Spät in der Nacht klopfte es an der Tür. Lasut bat um Einlaß. Triumphierend meinte er: „Wir haben es geschafft! Sie dürfen mit dem zweiten Transport gehen!" Dann ging er schnell hinaus und schleppte einen Sack hinter sich her: „Dies werdet ihr noch brauchen können für die nächsten vierzehn Tage!" Schon war er wieder verschwunden, ohne auch nur den Dank abzuwarten. Wie tröstlich ist es doch, daß es in dieser schweren Zeit voll Haß und Krieg noch Menschen wie ihn gibt.

„Nun wollen wir noch ein schönes Osterfest feiern!", ertönte es von allen Seiten. Samuel sprang auf und meinte: „Ha, noch vierzehn Tage! Da werde ich schon noch einen Winkel finden, Nona, um dich zu verstecken!"

Die Osterfreude erreichte ihren Höhepunkt, als die beiden Neugetauften Eng und Ida in die Berge kamen. Sie hatten dem Buddhismus abgeschworen, um sich in der St.-Ignatius-Kirche feierlich zu Christus zu bekennen und die Taufnamen Maria Antonia und Maria Theresia entgegenzunehmen. Leider hatte ihre „Mami" nicht als Patin bei der heiligen Handlung neben ihnen stehen können. Ein falscher Nationalismus, der selbst an der Schwelle des Heiligtums nicht Halt machte, hatte es verhindert.

Antonia faßte in kindlichem Vertrauen meine Hände und sagte: „Jetzt werde ich noch mehr beten, damit wir diese furchtbare Prüfung alle gut überstehen. Du kommst gewiß wieder nach Celebes zurück. Dann bleibst du für immer bei uns. Zu meiner Schwester Bernadette werde ich besonders lieb sein, damit sie es leichter erträgt." Es war mir ein großer Trost, daß diese unverdorbenen Mädchen bei der täglichen hl. Kommunion für mich beten würden.

## Es gibt noch Wunder

Die Tage nach Ostern vergingen wie im Flug, und der Tag meines Abtransportes rückte immer näher. Es war rührend, wie viele Menschen aus Menado in diesen letzten Tagen trotz aller Warnungen in die Berge kamen, um mir noch einmal ihr Mitgefühl zu zeigen.

Am Vorabend des 25. April kam Lasut und gab mir einige Verhaltensmaßregeln für die Fahrt. Er sagte auch, daß mir durch seine Vermittlung eventuell eine Gefangenenkabine auf dem Schiff zugewiesen werde und ich somit nicht auf dem Deck inmitten der „Kettenhänger" liegen müsse. Kettenhänger nannte man die gefangenen Männer, die zu mehr als drei Jahren Zuchthaus verurteilt waren und in Ketten lagen. So sehr Lasut sich auch bemüht hatte, es war vergebens.

Die letzte Nacht, die ich mit Bernadette verbrachte, bestand überwiegend aus dem Gebet. Ich forderte sie eindringlich auf, nicht anwesend zu sein, wenn ich in den Gefängniswagen klettern mußte. Sie folgte meiner Bitte. Als der Polizeiwagen am anderen Morgen vorfuhr, warf sich unsere Babu Rosa vor den Wagen: „Fahrt über mich weg! Aber meine Nona nehmt ihr nur über meine Leiche mit!" Auch Samuel verlor die Beherrschung. Es fehlte nicht mehr viel, und er wäre gegenüber den Beamten handgreiflich geworden. Ich mußte ihn streng zurechtweisen, da sie ja nur im Auftrag anderer Befehlshaber handelten.

Plötzlich fuhr ein weiterer Wagen vor. Ein mir gut bekannter Indonesier hatte in letzter Minute die Erlaubnis bekommen, mich in seinem Privatauto nach Menado zu bringen, wenn es sein müßte sogar unter polizeilicher Bewachung. Die Schande, in einem Gefangenenwagen abtransportiert zu werden, könnte bei den Indonesiern sehr leicht eine Revolte auslösen, zumal wenn es sich dabei um Gefangene handelt, die sich in diesem Land verdient gemacht haben, erklärte er den Beamten. Ich stieg zu dem Indonesier in den Wagen. Die Babu Rosa mußte man mit Gewalt von dem Auto wegreißen. Ihre Wehrufe und Drohungen klingen mir noch heute in den Ohren. Samuel rannte eine Weile hinter dem Wagen her und warf sich schließlich verzweifelt in den Sand.

Eine weitere Überraschung sollte in Menado auf mich warten. Während der wenigen Stunden, in denen ich mich bis zum Verladen auf das Schiff im Gefängnis aufhielt, stürmten Chinesen und Indonesier herbei und wollten durch Lärm und Läuten Einlaß in das Gefängnis erzwingen. Zum Zeichen ihrer Anhänglichkeit und Sorge beschenkten sie mich mit den unterschiedlichsten Lebensmitteln.

Gegen 17 Uhr sollte der Abtransport erfolgen. Im letzten Augenblick kam eine Frau auf mich zu gerannt. Es war die Mutter meiner hochbegabten Schülerin Bian, die bei den Ursulinen in Batavia zur Schule ging. Sie umklammerte meine Hände und versicherte mir in abgerissenen Sätzen, daß sie keine Geldsumme scheuen werde, mir zu helfen. Ihre Bemühungen, die Verantwortlichen umzustimmten, blieben erfolglos. Mutter Liem war die letzte, der ich auf der Insel Celebes die Hand drücken durfte. Hätte Bian das gewußt ...!

Wie herzlos war dagegen der Empfang auf dem Schiff! Ein Weißer stieß mich brutal auf eine Holzpritsche. Bei jeder sich bietenden Gelegenheit ließ uns das Personal ihre Verachtung und Gehässigkeit spüren. Um so mehr war ich überrascht, als ein brauner Diener der Ersten Klasse – auf dem Schiff befanden sich auch zahlende Passagiere – plötzlich an meine Pritsche trat und mir heimlich Weißbrot und Bananen zusteckte. Durch Zeichen mahnte er zum Schweigen. Er zeigte auf den Kommandoturm und flüsterte: „Der große Herr!" Er verriet mir auch den Namen des Schiffes: Swartenhondt.

Hatte ich nicht genau auf diesem Schiff meine letzte herrliche Reise zur Insel Sangir gemacht? Der dunkelfarbige Erste Offizier mußte mich wahrscheinlich beim Betreten des Schiffes wiedererkannt haben, aber das schien seinen Haß auf mich nicht sonderlich zu bremsen – ganz im Gegenteil! Eines Nachts erwachte ich plötzlich und merkte, wie sich jemand an meiner Halskette zu schaffen machte. Es war die Kette der Madonna von Tomohon, die mir Schwester Boniface kurz vor ihrem Tod übergeben hatte. Mit einem Ruck stieß ich den Dieb zurück. Es war eine Indianerin. Auf einmal fing sie zu schreien an und warf ein wertloses Armband unter mein Bett. Als die Wache kam, sagte sie aus, daß ich sie bestehlen wollte. In diesem Moment, als der Offizier die Hand hob, um mich zu schlagen, trat der Kapitän auf uns zu und sagte in strengem Ton: „Hier befehle ich! Die Frau da ist eine bekannte Betrügerin. Das Fräulein hingegen ist nur eine politische Gefangene. Sie steht unter meinem Schutz. Ich verlange, daß sie eine Einzelkoje bekommt. So fordern es die internationalen Bestimmungen über Gefangenentransporte." Von jetzt an hatte ich es etwas leichter. Das Benehmen des diensthabenden Offiziers hatte sich jedoch dadurch keineswegs geändert.

Die Wasch- und Toilettenräume befanden sich in einem katastrophalen Zustand. Eines Nachts stolperte ich über ein Eisentau. Bluterguß, Muskelriß und Knochenquetschungen waren die Folge und machten eine längere Behandlung notwendig. Als wir in Makassar ankamen, hielt der Schiffsarzt eine Weiterreise für zu gefährlich. Statt mich jedoch in das Lazarett des Gefängnisses zu bringen, steckte man mich in ein „Haus für schlechte Frauen". Es fällt mir schwer zu beschreiben, was das für mich bedeutete und was ich dort erlebte. Und doch sollte mir Gott gerade an diesem Ort in besonderer Weise begegnen.

Im September 1940 hatten wir Gott in Menado für die Bekehrung meines Onkels die neun Herz-Jesu-Freitage versprochen. Ich fühlte, daß meine „Kinder" jetzt in diesem Augenblick für mich beteten. Die Hoffnung, daß auch mich an diesem letzten Tag der großen Novene ein Gnadengeschenk erwartete, hatte ich allerdings inzwischen schon fast gänzlich aufgegeben. Am Mittwoch waren wir in Makassar an Land gegangen. Bis einschließlich Samstag sollte ich im Haus für schlechte Frauen bleiben.

Nach dem ersten Tag in dieser Hölle bat ich den Polizeihauptwachtmeister um die Erlaubnis, am Freitag die Kirche besuchen zu dürfen. Dieser lachte nur verächtlich und meinte, ich könne in seiner Anwesenheit ja den Polizeichef anrufen, was ich auch sofort tat. Aber leider löste meine Bitte am anderen Ende des Telefons ebenfalls nur ein spöttisches Gelächter aus. Dann entgegnete er: Ich will mir das Geschöpf, das so fromme Wünsche hat, einmal persönlich ansehen!"

Am darauffolgenden Abend stand der Polizeichef bereits vor mir. Er war der Meinung, ich würde den Kirchenbesuch nur als Vorwand zur Flucht benutzen und ich könnte mir die Idee sofort aus dem Kopf schlagen. Ich beschwor ihn, daß ich wirklich nur zur Kirche wolle, wenn es sein muß auch unter strenger Bewachung. Ein barsches „Kommt nicht in Frage", war sein ganzer Kommentar. Ich bat ihn noch einmal darum. Da knallte er wütend die Türe zu und verschwand. Voll Trauer und Wehmut dachte ich an mein Versprechen. Sollten die Kinder den Herz-Jesu-Sühne-Freitag allein halten? Ohne mich?

Plötzlich geschah das Unglaubliche: Spät abends kam der Hauptwachtmeister kopfschüttelnd in meine Zelle und sagte: „Der Chef hat nochmals angerufen. Er würde ständig die Augen vor sich sehen, die ihn so herzzerreißend angefleht hätten. Die Gefangene dürfe unter Aufsicht zur Kirche gehen. Wirklich, Sie haben beim Chef Unglaubliches erreicht!"

In der Nacht versuchte ich mein Kleid notdürftig etwas mit Wasser aufzufrischen, um dem Herrn auch äußerlich eine Freude zu machen. Ich besaß nur noch dieses eine Kleid, das ich seit meiner Verhaftung nicht mehr gewechselt hatte.

Am nächsten Tag holten mich drei Beamte ab und fuhren mich zur Kirche, da ich wegen des verwundeten Fußes noch nicht gehen konnte. Sie waren zwar allesamt Katholiken, hatten aber ihren Glauben schon lange Jahre nicht mehr praktiziert.

Mühsam schleppte ich mich in die erste Bank. Die Nähe des Allerheiligsten ließ mich meinen Kummer vergessen. Ein Gefühl überströmender Dankbarkeit durchflutete mein Herz. Nun war ich doch noch am letzten der neun Herz-Jesu-Freitage mit meinen „Kindern" in Menado vereint. Es geschehen wirklich noch Wunder.

Als eine Hand meine Schultern berührte, fuhr ich erschrocken zusammen. Einer der Beamten flüsterte mir leise zu: „Sagen Sie, gehen Sie zu den heiligen Sakramenten?" – „Wenn ich darf, gern!" – „Gut! Dann versprechen Sie uns, nicht wegzulaufen, denn wir haften unter schwerer Strafe für Sie. Diese Gelegenheit ist auch für uns einmalig. Dort drüben wird Beichte gehört, wie ich sehe. Da könnten wir ja auch mal nach so langer Zeit unseren Packen abladen!" Für kurze Zeit war ich völlig unbewacht. Wie hätte ich hier an eine Flucht denken können, da gerade das hl. Opfer begann, aus dem ich mir neue Kraft für die Zukunft holen wollte.

Als das Altarglöcklein zum Tisch des Herrn rief, traten wir vier gemeinsam vor. Es war sehr ergreifend. Ich malte mir aus, wie erstaunt der Polizeichef wohl wäre, wenn er davon wüßte.

Nach dieser tröstlichen Begegnung mit Gott konnte ich den Dampfer „Ophir" guten Mutes besteigen. Ich bekam eine Kabine zweiter Klasse mit fließendem Wasser. Wir kamen an der Insel Bali vorbei, die berühmt ist für die kunstvollen Tänze der Inselschönheiten, aber auch berüchtigt für ihren Aberglauben und Götterkult.

Obwohl der Kapitän des Schiffes sehr menschlich mit den Gefangenen umging, hatte ich doch auch hier einiges durchzustehen. So kamen eines Tages zwei Offiziere in meine Kabine. Zunächst schienen sie sich nur für mein Schicksal zu interessieren.

Als ich ihnen erzählte, daß ich wegen eines deutschen Liedes auf diesem Schiff sei, taten sie sehr empört. Aber plötzlich kamen sie auf das Thema: Sie möchten mir abends gern Gesellschaft leisten. Ich sei ja wohl nicht ohne Grund aus dem Haus der schlechten Frauen gekommen. Natürlich würden sie sich dafür revanchieren, zum Beispiel mit besserem Essen usw. Als ich ganz energisch dagegen protestierte, wurden sie massiv: „Wir haben den Schlüssel zu Ihrer Kabine, und selbst wenn Sie den Riegel vorschieben, können wir die Türe ohne weiteres aufbrechen!" – „Wenn Sie das tun, werde ich es sofort dem Kapitän melden!" Meine Entschlossenheit zeigte Wirkung. Sie entschuldigten sich für ihr Benehmen. Schließlich hätten sie ja nicht wissen können, daß ich nicht zu dieser Sorte von Frauen gehörte.

Es folgte die Zwischenstation Surabaia. Ich wurde zusammen mit den Kettenträgern ausgebootet. Der Aufenthalt dauerte vom 10. bis zum 26. Mai. Der 10. Mai war der Geburtstag meines Onkels. Nichtsahnend schrieb ich ihm eine Karte. Fünfzig Worte waren erlaubt. Da die Holländer diesen Tag aber zur Erinnerung an den Einfall der Deutschen in Holland begingen, wurde mein Glückwunsch mißdeutet. Der Sousdirecteur ließ nun seinen ganzen Haß gegen die Deutschen auf mich aus. Er riß mir das Skapulier vom Hals und schrie: „Sie verdienen es nicht, als Mensch behandelt zu werden! An die Wand sollte man Sie stellen!"

Es wurde mir eine Zelle zugewiesen, die von Moskitos und Kakerlaken nur so wimmelte. Das Essen war ungenießbar, die Behandlung menschenverachtend. Durch die Schikanen nervlich am Ende brach ich eines Tages zusammen. Auf Verlangen des Administrators wurde ich in das „Bürgerliche Krankenhaus" (ZBZ) gebracht. Hier begegnete ich einem Mann, der sich liebevoll um mich kümmerte. Er war Direktor des Krankenhauses, seiner Herkunft nach ein Österreicher.

Als ich ihm mein Martyrium schildern wollte, meinte er abwehrend: „Sie brauchen mir nichts zu sagen. Ihr Körper zeigt mir genug!" Auf das äußerste empört über die skandalösen Zustände, die den internationalen Rechtsbestimmungen widersprachen, drohte er den Untergebenen mit einer Anzeige. Ich bekam ab jetzt besseres Essen und ein Moskitonetz für die Pritsche. Sie brachten mir sogar ein weißes Leintuch für das Lager. Nun kam mir meine Zelle etwas menschenwürdiger vor.

Endlich kam der 26. Mai, mein letzter Tag in Surabaia. In einem Gefängniswagen wurde ich zum Bahnhof gebracht. Bei den Eisenbahnwaggons gab es vier verschiedene Klassen. Die vierte Klasse war für jene Menschen bestimmt, die Vieh mit sich führten. In dieser Klasse mußte ich zusammen mit anderen Frauen, die teilweise zu zehn und zwanzig Jahren Gefängnis verurteilt waren, reisen – umgeben von allerlei Arten von Tieren. Man benötigt keine besonders blühende Phantasie, um sich eine solche Fahrt vorzustellen. Immerhin war dieser Transport nach all den furchtbaren Erlebnissen in Surabaia eine willkommene Abwechslung.

## Begegnung hinter Gittern

Die schweren Tore des Frauengefängnisses von Semarang schlossen sich hinter mir. Mein Beichtvater in Menado hatte mir einmal auf ein Heiligenbild geschrieben: „Auch in Gebundenheit bin ich Kind Gottes, das geistig frei ist!" Daß der Geist Gottes weht, wo er will, sollte ich hier erfahren.

Zwei weibliche Aufseherinnen schienen es besonders auf mich abgesehen zu haben. Bei jeder sich bietenden Gelegenheit ließen sie mich ihre Abneigung spüren. Als ich jedoch sah, wie brutal die Behandlung jenen Frauen gegenüber war, die wegen eines schweren Verbrechens in diesem Gefängnis saßen, empfand ich mein Kreuz mit den beiden Aufseherinnen als eine lächerliche Kleinigkeit.

Der schönste Schmuck einer indonesischen Frau ist ihr Haar. Wollte man aufgrund eines Vergehens eine Frau entehren, schnitt man ihr die Haare ab. Im Gefängnis war dies die erste Prozedur. Jene, die sich dagegen sträubten, wurden festgebunden und geknebelt. Ich erlebte im Laufe der Zeit noch viele weitere Dinge, die meinen Glauben an das Gute im Menschen tief erschütterte.

Wie sich Licht und Dunkel im Leben abwechseln, so gab es auch in dieser Hölle Lichtstrahlen. Die Administratorin der Aufseherinnen, kurz A.D.M. genannt, hatte ein mitfühlendes Herz. Abends stand sie öfters an meinem Gitter und plauderte mit mir wie mit einer guten Freundin.

Dabei vertraute sie mir so manches an, was sich innerhalb dieses Frauengefängnisses abspielte. Sie sagte einmal mit Bedauern, daß sie mir gerne helfen würde, aber ihr seien die Hände gebunden. Sie werde ständig von ihren Kollegen überwacht. Und überhaupt sei ihr dieser Beruf allmählich verhaßt. Am wenigsten konnte sie es verstehen, daß man mich wegen eines harmloses Liedes mit Verbrecherinnen zusammen in eine Zelle steckte. Im schlimmsten Fall hätte ich mit den anderen deutschen Frauen interniert werden sollen. Ein solches Vorgehen sei unerhört.

In einer dieser „Flüsterstunden" erfuhr ich auch, daß sie katholisch war, aber die Arbeit im Gefängnis hatte ihre Gefühle und ihren Glauben abgestumpft. So fing ich an, mit ihr über Gott und religiöse Dinge zu reden, und sagte zu ihr, daß ich mir ein Leben ohne Gott gar nicht vorstellen könne. Da antwortete sie traurig: „Mich bedrückt die Leere meines Lebens und die nackte Armut meiner Seele. Wenn ich noch länger mit Ihnen verkehren könnte, würde ich es schaffen, wieder gläubig zu werden."

Ein Ereignis ganz besonderer Art hinterließ in ihr einen tiefen Eindruck. Nach langen Bemühungen und vielen Bitten wurde es einem Priester gestattet, ins Gefängnis zu kommen. Bisher war grundsätzlich keinem Verurteilten, nicht einmal den Mörderinnen und anderen lebenslänglichen Inhaftierten, priesterlicher Beistand gewährt worden. Als nun die Administratorin sah, wie diese Menschen während der Kommunionsausteilung auf dem harten Boden knieten und andächtig den eucharistischen Herrn empfingen, wurden ihre Augen feucht, und ihre Hände falteten sich nach langer Zeit wieder zu einem Gebet.

Während dieser Besuch des Priesters eine einmalige Ausnahme blieb, durften sich die Frauen von der Heilsarmee jeden Sonntag in eine Halle versammeln. Eines Sonntags kam auch zu mir eine liebenswürdige Dame in Uniform, um mich zum „Meeting" einzuladen. Ich lehnte die sicherlich gut gemeinte Einladung ab und erklärte ihr: „Ich glaube felsenfest an Christus und seine Kirche, die auf die Apostel zurückgeht. Von dieser Kirche und ihrem Glauben abzuweichen, wäre für mich ein grober Treuebruch. Ich lebe und sterbe als Katholikin. Aber ich ehre Ihre Einladung, denn ich weiß, daß Ihre Gemeinschaft viel Gutes tut. Sie werden aber verstehen, daß ich nicht mitkommen kann." Sie schaute mich lange an. Schließlich gab sie ihren Versuch auf, mich umzustimmen. Wahrscheinlich hatte sie gemerkt, daß es sinnlos war.

Die Tage und Wochen vergingen, ohne daß je eine Abwechslung für Freude oder Zerstreuung sorgte. Ich blieb einsam und unverstanden. Dennoch fühlte ich mich mehr denn je mit Gott verbunden. Eines wurde mir erst jetzt richtig bewußt: Wie wichtig doch das Priestertum für die Kirche ist! In meiner Sehnsucht nach der Eucharistie schrie ich unwillkürlich nach einem Priester. Körperliche Entbehrungen sind hart, aber noch viel härter ist die Verlassenheit der Seele. Auch mein Beruf hatte das gleiche Ziel vor Augen, nämlich Seelen zu retten. Leider waren meine Hände jetzt gebunden.

Eines Tages kam die A.D.M. mit einem strahlenden Lächeln auf mich zu, gab mir eine weiße Bluse und einen Kamm und rief: „Machen Sie sich schnell fertig! Draußen warten einige Herren auf Sie!"

Es dauerte etwas, bis ich begriff, daß der schweizer Konsul und sein Begleiter gekommen waren, um mir den Weg in die Freiheit zu bahnen. Ich erfuhr, daß er viele Briefe erhalten hatte, die meine Freilassung förderten. Die Schweiz hatte in diesem Gebiet Südostasiens die Interessenvertretung der Deutschen und besonders die der Gefangenen übernommen.

Die beiden Herren gaben mir zu verstehen, daß sie bei den obersten Regierungskreisen alles versuchen wollten, mich aus dieser mißlichen Lage zu befreien. Zusammen mit anderen deutschen Frauen sollte ich auf dem großen Schiff „Asama Maru" nach Japan gebracht und von dort in die Freiheit entlassen werden.

Freiheit! Wie verlockend klang doch dieses Wort, das meinen Qualen ein Ende bereiten würde! Und doch erwachte gleichzeitig in mir ein Gefühl von Trauer und Schmerz. Ich sollte meine so innig geliebte Insel verlieren, die treuen Menschen, die Pläne, die ich schmiedete, die Mission, die Aussätzigen, denen ich dienen wollte. Mein Traum platzte wie eine Seifenblase.

Plötzlich dachte ich an Bernadette und all die anderen. Ich sah ihre flehenden Blicke und bittenden Gebärden, die mir zuriefen, daß ich bleiben soll. Je lebendiger dieses Bild in mir wurde, um so mehr verschloß sich mein Mund, um so mehr krampfte sich mein Herz zusammen. Die beiden Herren schüttelten verständnislos den Kopf. Der Gefängnisdirektor zweifelte sogar an meinem Verstand. „Ist die grauenvolle Haft vielleicht Schuld daran, daß Sie nicht mehr klar denken können? Bei einer solchen Nachricht hätten Sie doch aufjubeln müssen!"

Er führte mich hinaus und redete mir gut zu: „Erklären Sie sich doch mit Ihrer Unterschrift bereit, in einigen Tagen abzureisen. Es ist vielleicht der letzte Dampfer. Käme es zum Krieg mit Japan, so wie die beiden Herren aus der Schweiz andeuteten, würde es Ihnen übel ergehen!" Es wurde mir ein Formular vorgelegt, das ich unterschreiben sollte. Schritt um Schritt, als ginge es zum Schafott, schleppte ich mich in meine Zelle, in der einen Hand das Schriftstück, in der anderen den ausgeliehenen Füller. Dann brach ich zusammen. Wie lange ich bewußtlos in meiner Zelle gelegen habe, weiß ich nicht.

Die gütige Hand der A.D.M. weckte mich. Willenlos unterschrieb ich das Dokument. Durch meinen Namenszug hatte ich, so schien es mir, nicht nur meine Insel und alle lieben Freunde aufgegeben, sondern auch meine kostbare Perlenkette und alles, was ich sonst noch besaß, verloren. Mit gemischten Gefühlen verließ ich hinter der A.D.M. die Zelle, deren Wände stumme Zeugen meines inneren Kampfes waren.

Als ich in das Büro des Direktors trat, meinte er erleichtert: „Nun haben Sie endlich unterschrieben! Sie sehen ja aus, als wenn Sie Ihr Todesurteil unterzeichnet hätten! Und Ihr Name ist so zittrig geschrieben, daß es die Schrift einer Neunzigjährigen sein könnte! Nun trinken Sie erst mal ein Glas Wasser, dann wird es Ihnen besser. Und – haben Sie noch einen besonderen Wunsch?" Ich war vollkommen überrascht von dem freundlichen Angebot. Mein Gehirn arbeitete blitzschnell. Was wäre mir in diesem Augenblick wohl mehr am Herzen gelegen, als Bernadette von meiner Entscheidung zu benachrichtigen. So bat ich um Erlaubnis, ihr einen Luftpostbrief senden zu dürfen.

Dies wurde sofort gewährt, ich durfte sogar ein Telegramm an Bernadette aufgeben: „sende grüne kiste frauengefängnis semarang."

Die beiden Herren fügten noch ergänzend hinzu: „Dringend Express". Da das Schiff in den nächsten Tagen auslief, die Kiste aus Menado aber mindestens acht volle Tage unterwegs sein würde, schien das rechtzeitige Eintreffen meiner Habseligkeiten absolut unmöglich zu sein.

Meine Nerven wurden in den nächsten Tagen auf eine harte Zerreißprobe gestellt. Zu meinem Entsetzen wurde auch noch angekündigt, daß die „Asama Maru" früher als vorgesehen auslaufen werde. Die Spannung steigerte sich von Stunde zu Stunde. Eilig besorgte man mir aus der Stadt einige Kleider und einen Koffer. Ich saß mit rasendem Herzklopfen in der Zelle und wartete.

Vier Tage nach der Unterzeichnung wurde ich zum Direktor gerufen. Er war diesmal sehr ernst. „Das Schiff geht bereits übermorgen ab … Sie dürfen nicht mitreisen … Hier, bitte, das Schreiben. Sie können es lesen. Die eifrigen Bemühungen der Schweizer Botschaft und anderer Instanzen haben unseren Procureur-General nicht dazu bewegen können, Sie frühzeitig zu entlassen. Er besteht darauf, daß die Strafgefangene Nr. X ihre volle Zeit im Gefängnis absitzt." Ich fühlte, wie die Anspannung der letzten Tage von mir wich und einer grenzenlosen Erleichterung Platz machte. Der Direktor blickte mich verwundert an. „Sonderbar! Sie geben mir immer größere Rätsel auf. Es scheint, als würde Ihnen eine solche Nachricht nicht Enttäuschung, sondern Freude bereiten. Aber wie Sie wollen … Gehen Sie wieder an Ihre Arbeit!"

Wie gern kam ich dem Befehl nach. So hart die Arbeit auch war, durfte ich doch hoffen, daß die Stunde des Abschieds von Indonesien noch nicht geschlagen hatte.

Einen Tag später wurde ich wieder ins Büro gerufen. War nun vielleicht doch die Erlaubnis gekommen? Zitternd betrat ich das Zimmer. Der Direktor sah mich lange an: „Allmählich fange ich an, an Wunder zu glauben! Soeben sind zwei Koffer für Sie aus Menado gekommen, die Ihnen nach Verbüßung der Strafe ausgehändigt werden sollen. Eines ist mir ein Rätsel. Wie können in so kurzer Zeit und während eines Krieges zwei große Koffer im Gewicht von 80 Kilo über den Luftweg befördert werden und noch dazu für eine Deutsche, die hier in Semarang als politische Gefangene eingesperrt ist?" Er schüttelte den Kopf und warf die Hände gestikulierend in die Luft.

Ich konnte meine Neugier nicht mehr zurückhalten. „Darf ich bitte die Koffer sehen, Herr Direktor?" – „In diesem Falle mache ich eine Ausnahme. Heute nachmittag nach Ihrer Arbeitsschicht können Sie kommen." – „Können Sie mir sagen, wie die beiden Koffer aussehen?" – „Der eine ist sehr groß und sehr schwer. Es ist ein mit Eisen beschlagener schwarzer Kabinenkoffer. Der andere ist etwas leichter und hat eine braune Farbe. Er trägt den Vermerk: Schuhe."

Eine angstvolle Frage stieg in mir auf: Sollte Bernadette in der Eile und Aufregung wirklich die schwarze Kiste statt der dunkelgrünen versandt haben? Ich konnte es kaum erwarten, die Koffer zu sehen. Mit klopfendem Herzen blickte ich immer wieder auf die Uhr.

Gegen fünf Uhr nachmittags durfte ich endlich in den Raum, wo die Koffer standen. Als ich die dunkelgrüne

Kiste sah, warf ich mich ganz spontan auf sie und schickte vor allen Anwesenden ein Dankgebet zum Himmel: „Liebe Gottesmutter, du kamst zu mir! Du hast mich nicht verlassen! Mit dem Flugzeug bist du gekommen. Hab Dank, Mutter der Verlassenen!"

Zugleich erhielt ich ein Telegramm mit Abschiedsgrüßen meiner lieben Freunde in Menado. Wie klein ist doch der Mensch angesichts der Allmacht Gottes, solche großartigen Wunder zu wirken. Es war ein Wunder geschehen, ich hatte die kostbare Kette wieder.

Nach mehreren Monaten wurde ich aus dem Gefängnis entlassen. Doch anstatt in die goldene Freiheit gehen zu dürfen, mußte ich in das Internierungslager Tjibadak auf Java. Nach langer Zeit hörte ich endlich wieder deutsche Stimmen. In diesem Lager, in dem ausschließlich deutsche Frauen und Kinder untergebracht waren, gab es zwar keine engen Gefängniszellen, dafür war es aber von einem hohen und streng bewachten Stacheldraht umgeben. Die Männer waren in Kota Tjane interniert.

Der Gedanke an meinen Onkel wurde plötzlich wieder lebendig. Jeden Monat kam eine Karte von ihm mit genau hundert Wörtern. Was kann man schon alles in hundert haargenau abgezählten Wörtern sagen?

Besonders freute ich mich über die regelmäßigen Briefe und Päckchen aus Menado. Die Weißen versuchten dort immer wieder, aus meinen Schülerinnen Geständnisse zu erpressen, die mich belasten sollten. Man suchte nach einem Grund, um mich von neuem verurteilen zu können. Doch alle derartigen Versuche schlugen fehl. Bernadette schrieb eines Tages: „Liebste Mami! Was wollen denn die Männer von uns wissen? Sie reden von Dingen, die wir noch nie gehört haben und auch nicht verstehen. Wir sollen gegen Dich aussagen, aber Du darfst nie an Deinen Kindern in Menado zweifeln. Du hast uns nur Gutes gesagt und getan. Wir haben Dich stets verteidigt, ob nun in Einzelverhören oder in der Gruppe. Das scheint den Herren offensichtlich nicht zu passen. Wie schlecht muß die Welt doch sein! Aber mache Dir nichts daraus!"

Einen sichtbaren Beweis der Treue durfte ich auch durch Hapentenda erfahren. Ich kannte ihn von früher, als er noch ein Polizist meines Onkels war. Bei einem Spaziergang entlang des Stacheldrahtes näherte sich eines Tages plötzlich von der anderen Seite ein Wachposten und fragte, ob ich Fäulein M. kenne. Ich stellte mich als die Gesuchte vor. Da erhellten sich seine Züge. „Ich bin Javane und ein einfacher Wachmann. Kommen Sie heute abend gegen 5 Uhr an die Nordseite des Lagers. Dort werden Sie eine große Freude erleben. Aber bitte unauffällig, damit es keiner merkt!" Er entfernte sich rasch vom Zaun, um keinen Verdacht zu erregen.

Ich war hin und hergerissen. Es konnte ja schließlich eine Falle sein! Die Neugierde siegte, und um 5 Uhr begann ich einen Rundlauf von der Südseite des Lagers. Als ich an der Nordseite angelangt war, hörte ich eine Stimme. „Nona Polisi!" hauchte jemand leise. Ich verlangsamte meine Schritte und blickte mich suchend um. „Nona Polisi!" kam es ganz deutlich an mein Ohr. Ich legte mich auf die Erde und rutschte ganz nahe an den Stacheldraht heran. Zuerst erkannte ich nur eine kakifarbene Uniform, dann aber lüftete sich das Geheimnis.

Ich mußte mir den Mund zuhalten, um nicht vor Freude laut aufzuschreien. Hapentenda streckte seinen Arm durch den Draht und drückte meine Hände ganz fest. „Nona! Was mußt du gelitten haben! Ich sehe nur noch Haut und Knochen. Jetzt aber kann ich dir helfen. Ich habe mich eigens nach Java versetzen lassen, um dich zu suchen."

Er reichte mir Bananen und Eier durch den Stacheldraht. Danach erkundigte er sich nach meinem Onkel. Er versprach mir, jeden Nachmittag hierher zu kommen, um mich auf dem Laufenden zu halten.

Als wir über den Krieg sprachen, konnte ich die Sorge in seinem Gesicht lesen. „Es gehen schlimme Gerüchte um, daß es mit Japan bald Krieg geben wird. In unserem eigenen Volk gährt es. Auch ist mir zu Ohren gekommen, daß alle deutschen Frauen nach Australien abtransportiert werden sollen. Damit du diesem Schicksal entgehst, werde ich dich heimlich zu meiner Schwester, die hier wohnt, bringen. Hab Mut, Nona! Ich helfe dir, wo ich kann."

Dann sprach er über die Zeit vor dem Krieg: „Wie schön war es doch in Menado! Selbst damals, als du wegen eines Krokodilbisses mit Fieber im Bett lagst und ich dich besuchen kam!" Ich erinnerte mich noch ganz genau, wie Jakob, so hieß Hapentenda mit dem Taufnamen, vor meinem Hausaltärchen kniete und um meine Gesundheit betete.

„Wäre es nicht besser gewesen, der liebe Gott hätte mich damals in die Ewigkeit genommen?" kam es schwermütig über meine Lippen. „Ach, Nona! Du darfst jetzt nicht aufgeben. Erwarte mich morgen um diese Zeit wieder hier. Ich habe für dich eine besondere Überraschung von Bernadette. Sie ist wirklich eine liebe Seele, die trotz des fanatisch-buddhistischen Vaters treu zu ihrem katholischen Glauben steht. Auch ihre beiden Schwestern Eng und Ida kommen immer regelmäßig zum Gottesdienst. Jetzt muß ich schnell verschwinden. Gott schütze dich! Bis morgen!"

Er kroch unauffällig zum nahen Waldrand und verschwand im Dickicht. Das Gespräch gab mir wieder neuen Mut. Jetzt bekam ich endlich Nachrichten von Menado und einen aktuellen Bericht über die politischen Ereignisse, dazu Lebensmittel für den hungrigen Magen ... Unbehelligt setzte ich meinen Rundlauf fort.

Am nächsten Tag ging ich wieder zu derselben Stelle. Hapentenda wartete bereits. Lächelnd übergab er mir ein Bündel Briefe (ohne Zensur!) und ein kleines Etui, das Bernadette geschickt hatte. Ich öffnete es behutsam. Es enthielt ein goldenes herzförmiges Medaillon, das an einem feinen Kettchen hing. Erwartungsvoll drückte ich auf den Verschluß. Da lachten mir die lieben, treuen Augen Bernadettes entgegen. Dieses Bild brachte die ganze Reinheit und Güte des mutigen Mädchens zum Ausdruck. Ja, das war Bernadette, wie ich sie kannte!

Die Besuche am Stacheldraht wurden bald zu einer lieben Gewohnheit, obwohl ich jedesmal ein schlechtes Gewissen dabei hatte. Es war wirklich sehr gefährlich für Hapentenda, all die schönen Sachen ins Lager zu schmuggeln. Nur eine Person weihte ich in mein Geheimnis ein: die Kamp-Mutter, Frau Br. aus Düsseldorf. Sie war eine sensible Frau, die ihr schweres Schicksal geduldig ertrug. Man hatte sie gewaltsam von ihren Kindern getrennt, während ihr Mann im Lager Kota Tjane interniert war, weil er aus Belgien stammte. Frau Br. war stets voll Verständnis und Mitgefühl für das Leid anderer. Mit ihrer

Hilfe konnte ich so manchen schwachen Frauen ein klein wenig von diesen Sondergaben zukommen lassen. Seit Dezember waren die Rationen kleiner geworden. Es lag irgendetwas in der Luft.

Am 9. Dezember hatte sich im Lager alles schlagartig verändert. Wir bekamen unsere Morgenration ungewöhnlich spät. Auf den Mienen der europäischen Wachleute zeichneten sich Angst und Schrecken ab. Gegen Mittag versammelten sich die Damen und Herren vor den Baracken und tuschelten geheimnisvoll miteinander. Die Lagerinsassinnen mußten sich vorschriftsmäßig aufstellen. Danach wurde mit lauter Stimme verkündet: „Japan hat mit einem Überfall auf die Insel Pearl Harbour den Krieg gegen die Alliierten eröffnet und steht im Begriff, sich Indonesiens zu bemächtigen und die ganzen Südsee-Inseln, vor allem Niederländisch-Indien, zu bedrohen."

In allen Bereichen wurden verschärfte Maßnahmen ergriffen: Schmälerung der Rationen, Verdunkeln des Lagers, Bauen primitiver Unterstände, Verschärfung der Kontrolle und anderes mehr.

Bald schon überstürzten sich die Nachrichten: Hongkong war gefallen, auf Celebes tobten Kämpfe, Manila fiel den Japanern in die Hände. Singapur, das als uneinnehmbare Festung gegolten hatte, kapitulierte. Schon bald überflogen japanische Kampfsturzflieger Sukabumi, um mit ihren ersten Bombenabwürfen den Holländern Furcht einzujagen. In einem unglaublich schnellen Siegeszug drangen die Japaner nach Süden vor.

Eines Tages wurde uns befohlen, zehn Kilo Gepäck pro Person für die Flucht bereitzuhalten. Autobusse würden uns an einen sicheren Ort bringen. Ich wußte jedoch von

Hapentenda, daß unser Transport nach Australien gehen sollte. Damit war sozusagen unser Todesurteil gesprochen, da immer mehr Schiffe von den Japanern torpediert wurden. Auf einer Postkarte, die unter mysteriösen Umständen ins Lager gelangte, stand folgende Nachricht: „Hoffentlich hat es durch den Schiffsuntergang der letzten Tage bei euch keine Witwen gegeben!"

Diese rätselhaften Zeilen beschäftigten bald schon das ganze Lager. Warum wohl blieben seit längerem die Nachrichten aus dem Männerlager auf Sumatra aus? Was hatte meinen Onkel dazu veranlaßt, auf seine letzte Karte zu schreiben: „Auf nie mehr Wiedersehen!"

Die Unruhe unter den Frauen weitete sich fast zu einem Aufstand aus. Mit Hilfe von Frau Sp. wurde eine telefonische Verbindung mit dem Schweizer Konsul ermöglicht. Der Konsul gab zu verstehen, daß er sofort persönlich im Lager erscheinen werde. In der Großbaracke eröffnete er den versammelten Frauen, daß am 19. Januar 1942 vormittags 10 Uhr das Schiff „van Imhoff" mit über 450 deutschen Männern von den Japanern torpediert worden sei, wobei 447 ertrunken wären. Nur wenige hätten sich auf einer kleinen Schaluppe retten können. Bei der holländischen Besatzung hätte es keine Verluste gegeben.

Dann wurden die Namen der Todesopfer vorgelesen. Die Frauen drängten sich aufgeregt um den Konsul und lauschten bangen Herzens seiner unheilvollen Botschaft. Je mehr Namen vorgelesen wurden, umso schlimmer wurde das Schluchzen und Stöhnen. Fast die Hälfte der Frauen war durch dieses schreckliche Unglück zu Witwen geworden. Einige liefen laut schreiend wie Irrsinnige umher, andere wiederum versanken in stummer Trauer.

Der Name meines Onkels war nicht verlesen worden. War er möglicherweise gar nicht an Bord, als es geschah? Ich lief zum Konsul, um zu erfahren, ob ihm die Namen der auf den zwei ersten Transporten nach Indien verbrachten Männer bekannt seien und sich mein Onkel unter ihnen befunden habe. Beide Fragen bejahte er. Herr K. habe mit dem zweiten Transport Indien erreicht. Trotzdem ließ mich die Angst nicht los, zumal Namensverwechslungen bei solch aufregenden Geschehnissen leicht möglich sind. Auch hatte ich in letzter Zeit ein merkwürdiges Gefühl, daß mit ihm etwas nicht stimmte. In einer Art Vision hatte ich ein entsetzliches Bild vor mir gesehen.

Aber noch eine andere Sorge quälte mich: Durch den drohenden Abtransport war mein Koffer mit dem kostbaren Schmuck und der Sternperlenkette aufs Neue gefährdet. Ich sprach mit Hapentenda, aber auch er wußte keinen Ausweg. Das Vertrauen auf die Vorsehung blieb der einzige Trost.

## Gute Heiden helfen

In den ersten Tagen des März, als der Zustand im Lager fast unerträglich geworden war, kam durch das Radio eine letzte Bekanntmachung des Gouverneur-Generals. Alle Versuche, uns von hier wegzubringen, waren gescheitert.

So fielen wir den Japanern, die mit Deutschland verbündet waren, in die Hände. Wir waren frei, doch es war eine Freiheit voller Gefahren. Täglich wurden wir Zeugen, wie plündernde Menschenmassen am Lager vorbeizogen. Bei Tag und Nacht mußte man vor Mord, Brand und

Diebstahl auf der Hut sein. Besonders die Chinesen hatten viel zu leiden, da sie Feinde Japans waren.

Ende März wurden wir nach Sukabumi abtransportiert, wo uns das vornehme Hotel „Viktoria" zugewiesen wurde. Holländische Kriegsgefangene hatten Anweisung, uns beim Verladen der Kisten und Koffer behilflich zu sein. Meinen dunkelgrünen Koffer ließ ich keine Sekunde aus den Augen.

Der treue Hapentenda kam sofort zu mir ins Hotel. Seine Miene war sehr ernst, als er sagte: „Ein weißes Mädchen wie du wird es unter den Japanern schwer haben. Ich kenne ihre Lebensart. Diese Menschen sind anders als wir. Sie haben ganz andere Sittengesetze. Ich bete zu Gott, daß er dich schütze."

Die Befürchtungen des Indonesiers waren berechtigt. Die Stoßtrupps der Japaner bestanden nämlich meist aus vorzeitig entlassenen Strafgefangenen. Man hatte wahrscheinlich damit gerechnet, daß diese Menschen bei den ersten Kämpfen größtenteils fallen würden. Selbst den regulären japanischen Truppen machten diese Überlebenden sehr zu schaffen. Sie trieben sich überall herum, sogar im Hotel. Bei einbrechender Dunkelheit mußte man zusehen, daß man sich vor ihnen in Sicherheit brachte. Einmal konnte ich gerade noch ins Badezimmer flüchten, und im letzten Augenblick die Türe von innen verschließen.

Mein einziger Gedanke war, möglichst schnell aus diesem Hotel herauszukommen. Mit einem Schutzbrief versehen versuchte ich eine Reiseerlaubnis zu bekommen. Es war nicht leicht, einen Platz zu bekommen, da auf den Zügen Tausende von Soldaten und Evakuierte befördert werden mußten. Zudem waren fast alle Brücken zerstört.

Mein Ziel war Batavia, und von dort wollte ich versuchen, nach Menado zu kommen.

Da die Japaner zuerst alle holländischen Staatsbürger erfassen, registrieren und internieren wollten, würde meine Angelegenheit nicht so rasch erledigt werden. Doch da griff die Vorsehung wieder ein. Ich lernte Prinz Konoye kennen, der in Paris studiert hatte und fließend Französisch und Deutsch sprach. Er freute sich, mir helfen zu können, und händigte mir ein Schreiben aus, das ich im Büro vorzeigen sollte. Hier wurde mir umgehend ein Passierschein ausgestellt, allerdings mit dem Vermerk, daß ich auf eigene Gefahr reise. Ich hatte also die Erlaubnis, mußte aber das Risiko ganz allein tragen.

Kurz entschlossen trat ich die Reise nach Djakarta an. Meinen dunkelgrünen Koffer mit den „eingebauten" Schmucksachen vertraute ich einer guten Frau an und bat sie, ihn sorgfältig zu hüten, selbst wenn die Kleider gestohlen würden. Da die Frau auf Java ein Anwesen besaß, durfte sie auf der Insel bleiben. Somit konnte der Koffer kaum verlorengehen. Der Weg zum Bahnhof Sukabumi war buchstäblich ein Spießrutenlaufen. Wenn ich von den Japanern angebrüllt wurde, rettete ich mich jedesmal mit dem japanischen Gruß: Bangsai oder Sayonara. Es war von großem Vorteil, daß ich ein wenig Japanisch verstand, sonst hätte mich wohl des öfteren ein Schlag mit dem Gewehrkolben oder Gummiknüppel getroffen.

Die bereitstehenden Waggons glichen eher Viehwagen. Deprimiert und von Durst gequält warteten die australischen Kriegsgefangenen auf den Befehl zum Einsteigen. Die meisten Australier trugen ein goldenes Kettchen um den Hals. Ich nahm an, daß es sich um eine Art Talismann handelte, aber beim näheren Betrachten sah ich, daß es religiöse Medaillen waren. Da es verboten war, mit ihnen zu sprechen, nestelte ich mein Medaillon hervor. Die Soldaten hatten rasch verstanden, was ich damit zum Ausdruck bringen wollte. Ein gegenseitiges Winken und Austauschen von Zeichen sagte mir, daß die religiöse Verbundenheit alle Feindschaft überbrückt und daß über allem politischen Zank und Streit der Friede Christi weiterhin lebendig ist. Ich benützte einen günstigen Augenblick dazu, den Gefangenen meine Thermosflasche anzubieten. Es war aber leider nur ein Tropfen auf den heißen Stein.

Endlich begann die „Verladung". Die Massen preßten sich in die Wagen. Militärs, Beamte und andere bevorzugte Fahrgäste hatten den Vorrang. Wer sich dann noch irgendwo ein Plätzchen eroberte, konnte wirklich von Glück sprechen. Die Fahrt ging bis zu einer gesprengten Brücke: Endstation! Denn vor uns lag der breite Fluß, dessen Strömung sehr gefährlich zu sein schien. Wir packten also unsere Sachen, verließen den Wagen und versuchten, an das andere Ufer zu kommen. Zwar boten sich Kulis an, die schweren Gepäckstücke ans andere Ufer zu tragen, aber die meisten wateten so schnell durch den Strom, daß die Fahrgäste nicht mit ihnen Schritt halten konnten. Im Dickicht des anderen Ufers verschwanden die „hilfreichen" Träger dann auf Nimmerwiedersehn.

Ich balancierte den Handkoffer auf meinem Kopf und stieg in das Wasser. Glücklicherweise hatte ich Bänder angebracht, so daß ich ihn festhalten konnte, als er bei einer ungeschickten Bewegung ins Wasser rutschte. Reißende Stellen im Fluß wechselten sich ab mit steinigem

Geröll oder schlammigem Morast. An Händen und Füßen blutend erreichte ich schließlich völlig erschöpft das andere Ufer. Auch die australischen Gefangenen arbeiteten sich mühsam durch. Einige versuchten bei dieser Gelegenheit zu entkommen, aber durch ihre Uniform waren sie schnell auszumachen. Fast alle wurden wieder eingefangen. Am anderen Ufer begann erneut der Kampf um ein Plätzchen im bereitstehenden Zug, wobei mir ein Chinese sehr behilflich war.

Als der Zug gegen Abend hielt, brachten die Anwohner Wasser, für das sie pro Glas einen Gulden verlangten. Es ist mir unbegreiflich, wie man aus der Not des Mitmenschen solch ein schäbiges Geschäft machen kann. Am folgenden Morgen lief der Zug im Güterbahnhof von Djakarta ein. Die australischen Gefangenen winkten mir beim Abschied zu. Wie gern hätte ich ihnen noch einen Dienst erwiesen, aber es war unmöglich. Erst später sollte sich dazu noch die Gelegenheit ergeben.

Vorläufig blieb ich in Djakarta, das für mich keine unbekannte Stadt war. Mein Ziel war natürlich Menado. Aber würde ich es je wiedersehen? Zunächst hieß es, in dieser Großstadt unterzutauchen. Die Vorsehung hatte schon alles in die Wege geleitet. Im Lager Tjibadak hatte ich Frau Dr. Latip mit ihren zwei Töchtern kennengelernt. Die Familie war islamisch und gehörte dem Adel an. Da die älteste Tochter einige Jahre in Japan gewesen war, stand die Familie bei den Holländern auf der schwarzen Liste. Mutter und Töchter wurden interniert. Alle drei waren nicht nur sehr gebildet, sondern Menschen, zu denen man vollstes Vertrauen haben konnte. Die älteste

Tochter, eine bildhübsche Javanin, war mir bereits aus Menado bekannt.

Ich suchte in der Vorstadt Kramat das Haus der Familie Latip. Die früheren Leidensgenossinnen nahmen mich herzlich auf und boten mir ihr Heim als Zufluchtsstätte an. Herr Doktor Latip, der sein Medizinstudium in Wien absolviert hatte, tat alles Erdenkliche, mich von den verschiedenartigsten Leiden, die ich mir alle in der letzten Zeit zugezogen hatte, zu heilen. Aus Dankbarkeit entschloß ich mich, ihm in seiner Praxis zu helfen, obwohl ich nur den einen Wunsch hatte, möglichst bald nach Menado zu kommen. Da ich nur mit dem kleinen Handkoffer in Djakarta angekommen war, mußte ich versuchen, mit der deutschen Hauptgeschäftsstelle in Verbindung zu treten. Der Gang zu dieser Behörde fiel mir nicht leicht. Die Herren, alles eingefleischte Nazis, erklärten mir kurz und bündig, daß ich durch mein freiwilliges Verlassen von Sukabumi das Anrecht auf eine Unterstützung verloren hätte. Nun mußte ich selbst Mittel und Wege finden, an die verborgenen Schätze in meinem zurückgelassenen dunkelgrünen Koffer heranzukommen.

Vier Wochen später erfuhr ich durch das Radio, daß der Straßenverkehr nach Sukabumi wieder einigermaßen intakt sei. Dr. Latip nahm sofort Verbindungen mit vertrauenswürdigen Indonesiern auf und vermittelte mir die Möglichkeit der Fahrt nach Sukabumi. Auf einem kleinen Lastwagen holte ich mir mein Eigentum zurück. Alles klappte vorzüglich. Ich war so froh, wieder im Besitz meines dunkelgrünen Koffers zu sein. Vorsichtshalber packte ich alle Schätze aus und verteilte sie in kleine Etuis. Diese konnte ich auf der Flucht oder bei einem Überfall, vor dem man nie sicher war, besser verstecken. Mit ein paar seltenen Stücken revanchierte ich mich für die Gastfreundschaft der Familie Latip. Ich mußte schon bald einiges von dem Schmuck verkaufen, um mich über Wasser halten zu können. Doch der Hauptbestand blieb unberührt.

Noch schrieben wir das Jahr 1942. Da ein Ende des Krieges nicht absehbar war, bekam ich durch den maßgebenden Einfluß der Japaner bei den deutschen Geschäftsstellen einen Zuschuß zu meinem Lebensunterhalt. Diese „Wohltat" hatte allerdings den Nachteil, daß ich wegen meines „nationalen" Verhaltens unter verschärfte Kontrolle geriet. Wiederholt hatte man versucht, mir eine Falle zu stellen oder Anhaltspunkte in meinem Leben zu finden, daß ich nicht zuverlässig sei.

Bei der am 20. April veranstalteten Geburtstagsfeier zu Ehren Hitlers glaubten sie einen stichhaltigen Beweis in Händen zu haben. Ich mußte wohl oder übel an dieser Feier teilnehmen. Eine Freundin von mir, die italienische Sängerin Nunu Alfes-Sanchioni, begleitete mich dabei. Da ich aus meiner religiösen Überzeugung kein Hehl machte und ein weiteres Bleiben aufgrund meiner Tätigkeit als Krankenschwester im Dienst des Roten Kreuzes nicht mit meinem Gewissen vereinbaren konnte, verließ ich vorzeitig den Saal. Das wurde mir übel angerechnet. Wegen meines Verhaltens entzog man mir den monatlichen Unterhalt. Vor allem aber hatte ich mir den Zorn des Organisators dieser Feier zugezogen. Welch merkwürdige Fügung – Ich sollte genau jenem Mann eines Tages in Djakarta eine große Hilfe sein. Er litt an einer unheilbaren Krankheit, und es war mir sogar vergönnt, ihn wieder auf den Weg des Glaubens zurückzuführen.

Nun mußte ich meinen kostbaren Schatz erneut angreifen. Wie lange würde er noch reichen? Es ist gut, daß man die Zukunft nicht kennt. Der Glaube an die Güte des himmlischen Vaters hilft über Vieles hinweg.

## Auf der Suche nach Bian
## finde ich eine Mutter

Bei der Familie Latip fühlte ich mich sehr wohl. Da ich an Stacheldraht und enge Gefängnismauern gewöhnt war, dauerte es eine gewisse Zeit, bis es mir richtig bewußt wurde, daß ich frei war. Oft stand ich nachdenklich am Fenster und sah hinaus auf die Straßen, wo sich die Menschen frei bewegten. Plötzlich verspürte ich den dringenden Wunsch, diese Freiheit auszukosten, gehen zu können, wohin ich wollte, ohne dabei von Polizisten verfolgt zu werden.

Ich sehnte mich nach Abwechslung, auch wenn es gefährlich war, allein auf die Straße zu gehen. Als Weiße konnte ich in den Gassen, die mir völlig fremd waren, eventuell von den Japanern aufgegriffen werden. Und doch trieb mich eine unwiderstehliche Macht hinaus. Als ich durch die Menschenmenge ging, dachte ich plötzlich an Bian, das hochbegabte Mädchen, das mir durch sein reines Wesen ans Herz gewachsen war. Sie mußte hier in der Stadt wohnen, da sie ja Schülerin bei den Ursulinen war, wie ich mich aus Berichten langsam wieder erinnerte.

Ich mußte Bian finden. Aber wo? Und wie? Ich fragte einen Polizisten nach dem Kloster der Ursulinen. Nach langem Überlegen sagte er mir, daß die Kirche der Christen ganz in der Nähe sei. Ich lief rasch in die angedeutete Richtung und bald schon sah ich die Türme einer Kirche auftauchen. Es war die Kathedrale von Batavia. Wie ein Himmelsgeschenk umfingen mich die geweihten Mauern des gewaltigen Gotteshauses.

Das stille Licht der Ewigen Lampe zeigte mir, daß hier im „Gefängnis der Liebe" jemand auf mich wartete, den ich so lange hatte entbehren müssen. Bei meinem Zwiegespräch vergaß ich Zeit und Raum. Erst als sich eine Ordensfrau bewegte, besann ich mich wieder auf den Grund meines Besuches. Ich ging auf die indonesische Schwester zu und fragte sie nach den Ursulinen. Zu meiner Freude war das Kloster ganz in der Nähe. Aufgeregt klopfte ich an die Pforte. Nach einigem Zögern erklärte sich die Pfortenschwester bereit, auf meine Bitte hin die Oberin zu holen. Ich hatte bereits eine ganze Weile im Sprechzimmer gewartet, als sie endlich erschien und mich mit einem streng musternden Blick nach meinem Anliegen fragte. „Befindet sich hier im Kloster eine Schülerin Bian Liem aus Menado?" – „Allerdings, sie ist hier", kam es zögernd über ihre Lippen. „Darf ich Bian sehen?"

Es folgte nun ein regelrechtes Verhör über den Grund meines Anliegens. Als ich versicherte, daß Bian mein Patenkind sei, willigte die strenge Oberin ein. „Wen darf ich melden?" fragte sie. „Bitte, sagen Sie Bian nur: Mami ist da, das genügt!" Die Oberin blickte mich mißtrauisch an, als habe sie irgendeinen unbestimmten Verdacht. Nach kurzem Zögern ging sie jedoch hinaus, um Bian zu holen.

Es dauerte eine Ewigkeit, bis ich endlich Schritte auf dem Korridor hörte. Das konnte nur Bian sein. Mich hielt

*Die Kathedrale in Batavia/Djakarta*

es nicht mehr im Zimmer. Aufgeregt stürzte ich hinaus, und schon lag Bian in meinen Armen. „Mami!" Mehr konnte sie nicht sagen. Tränen der Freude rannen über ihre Wangen. In solchen Augenblicken sind Worte vollkommen überflüssig. Dann richteten sich die Augen fragend auf meine abgehärmte Gestalt: „Was müssen sie dir angetan haben!"

„Auch Djok kommt gleich, Mami. Sie ist dem katholischen Glauben schon ganz nahe." Ich erfuhr, daß Bians Schwester Djok aus Sicherheitsgründen ebenfalls hier im Kloster untergebracht war. Obwohl sie von Natur kühler und schweigsamer als ihre Schwester war, ließ sie ihre Freude über das Wiedersehen freien Lauf. Zusammenhanglos sprachen wir über dieses und jenes. Gedanken und Gefühle flogen hin und her wie Steinchen, die aus einem Mosaik herausgerissen wurden. Es war das Mosaik einer Vergangenheit, die böse und gute Menschen als Werkzeuge einer göttlichen Vorsehung zu einem sinnvollen Ganzen gefügt hatten.

„Ich muß dir morgen etwas Wichtiges verraten", flüsterte Bian, als die Glocke läutete. Mit frohem Gesicht verschwanden die beiden hinter der Klausurtür.

Am nächsten Tag sagte Bian: „Hier im Kloster lebt eine Schwester, eine wunderbare Frau. Du mußt sie heute kennenlernen!" – „Bian, ich habe die Menschen satt. Ich mag keine neuen Bekanntschaften." Bian fiel mir ins Wort: „Diese Schwester ist ein Engel. Sie kennt dich. Ich habe ihr viel von dir erzählt: von Menado, von den anderen Mädchen, von der Krankheit von Pater Schuh, alles weiß sie." – „Laß, Bian, ich bin der Menschen müde!"

„Schwester Perpetua weiß auch von den Gefängnissen. Schon lange hatte sie um dich gelitten und den Heiland gebeten, daß er dich zu ihr führe. Sieh, da kommt sie schon."

Es klopfte. Eine stattliche Ordensfrau trat ins Zimmer. Freudestrahlend kam sie auf mich zu. Doch plötzlich blieb sie wie vor einer unsichtbaren Mauer stehen. Es war, als ob die Freude aus ihrem Gesicht wich. Die unsichtbare Mauer, die uns trennte, war jene Kälte, die sich um mein Herz gelegt hatte. Mein Benehmen mußte dieser guten Seele wehtun, aber nach all dem Leid, das ich erlebt hatte, war ich innerlich noch nicht bereit, mein Herz für eine neue Freundschaft zu öffnen. Meine Antworten auf die Fragen und Tröstungen von Schwester Perpetua gingen nicht über den Rahmen der höflichen Konversation hinaus. Ich wußte, daß die Schwester jetzt tief enttäuscht von mir sein würde, als sie mir zum Abschied die Hand reichte. Schließlich konnte ich ja nicht wissen, daß diese Schwester ein Werkzeug der göttlichen Vorsehung war.

Bei den darauffolgenden Besuchen verstand es Mutter Perpetua auf eine einzigartige Weise, Dorn um Dorn aus meinem verwundeten Herzen zu ziehen. Weihnachten 1943 hatte ich endlich meinen Frieden mit der Welt gemacht. Meine Sorgen galten nun Bians Zukunft. Wer war glücklicher als Bian? Noch fühlte sie sich innerhalb der schützenden Klostermauern geborgen. Aber wie lange noch? Im Osten kündeten sich neue politische Entwicklungen an. Überall erfolgten Überfälle. Selbst Ordensschwestern blieben von den wilden Eindringlingen nicht verschont. Ein Teil davon waren ehemalige japanische Gefangene. Ein weiterer Teil waren Eingeborene, die

*Mutter Perpetua*

als Terroristen fungierten. Ihnen war nichts heilig, weder die Frauenehre noch das Gotteshaus, erst recht nicht ein Menschenleben.

Während dieser schweren Zeit blieb ich Gast der Familie Latip. Die Besuche bei Mutter Perpetua im Kloster waren eine tröstliche Unterbrechung zwischen den vielen Verhören, die ich von den Japanern über mich ergehen lassen mußte. Ich sollte gegen die Holländer aussagen, die ich durch meine Tätigkeit bei meinem Onkel kennengelernt hatte. Da die Japaner belastendes Material gegen die früheren Kolonialherren der Insel suchten, war ich für sie von größter Bedeutung. Meine konstante Weigerung brachte mich bei meinen „Freunden" in ein schiefes Licht. Mich tröstete aber das Bewußtsein, in Mutter Perpetua eine gute Fürsprecherin bei Gott zu haben.

Ihre Liebe und Güte wurden besonders deutlich, als ich wegen einer akuten Nierenerkrankung ins Krankenhaus mußte. Während dieser Zeit besuchte sie mich mehrere Male und brachte somit ihre große Wertschätzung mir gegenüber zum Ausdruck, denn die klösterliche Disziplin gestattete solche Besuche nur in Ausnahmefällen. Für mich waren sie von großer Bedeutung, da sich in meinem Herzen allmählich der Gedanke festsetzte, ins Kloster einzutreten. Im Jahre 1944 sollte dieser Wunsch Wirklichkeit werden.

Eine Reihe unvorhergesehener Ereignissse traten aber immer wieder dazwischen: Mutter Perpetua mußte in dieser Zeit eine Visitationsreise nach Ost-Java machen, während ich als Studentin der Chirurgie bei Dr. Latip blieb, um ihm meine Dankbarkeit zu beweisen.

Als Mutter Perpetua zur Visitation abreiste, fragte sie mich plötzlich, ob ich schon einmal von Bruder Konrad gehört habe. Ich mußte es verneinen. Mutter Perpetua erzählte mir in Kürze das Wichtigste aus seinem Leben, zog eine Reliquie aus ihrem Gewand und reichte sie mir. „Verehre Bruder Konrad! Er wird dein Beschützer sein, denn er ist ein Patron der Missionen!" Die leibliche Schwester von Mutter Perpetua, Schwester Felizitas, gab mir ein Heftchen mit dem Abbild des heiligen Pförtners.

Ich faßte schnell Vertrauen zu diesem Heiligen. Durch ihn wurde der Gedanke an Altötting und die Gnadenmadonna in mir lebendig, daß aber meine geliebte Sternperlenkette einmal dort landen sollte, das konnte ich damals nicht ahnen, auch nicht, daß der hl. Bruder Konrad dabei zum Helfer würde.

Wiederum begegnete mir ein Mensch, der mithelfen sollte, meine Kette zu retten. Ich nenne ihn Peter. Eines Tages verlangte dieser junge Mann mich im Haus meines Gastgebers zu sprechen. Schon nach wenigen Minuten hatte ich erkannt, daß er glaubenslos war. Seine spöttischen Bemerkungen verrieten es. Als Grund für sein Kommen hatte er bei Dr. Latip angegeben, er habe von meinem Mut in den Gefängnissen und der Weigerung, vor den Japanern gegen die Weißen auszusagen, gehört. Nach wenigen Worten wies ich ihm einfach die Tür mit der Bemerkung: „Wagen Sie es nicht, mir noch einmal unter die Augen zu treten, solange Sie nicht dem, was mir heilig ist, mit Ehrfurcht begegnen!" So rasch wie er gekommen war, war er auch schon wieder fort. Das Intermezzo stimmte mich nachdenklich. War er vielleicht ein Spion, der nach irgendeinem belasteten Material suchte?

Bei seinem zweiten Besuch führte ich den jungen Mann sofort in mein Zimmer. Während des folgenden Gespräches machte er Andeutungen über seine Vergangenheit. Um sicher zu gehen, wandte ich mich hilfesuchend an Monsignore W. Der Bischof meinte: „Es besteht kein triftiger Grund, den Mann abzuweisen. Nur seien Sie vorsichtig. Beharren Sie fest auf Ihrem Standpunkt."

Es folgte ein weiterer Besuch, wobei sich folgendes ereignete: Von einem plötzlichen Nasenbluten befallen, hatte er mit dem Taschentuch das Reststück eines Rosenkranzes aus der Tasche gezogen. Er hob es schnell vom Boden auf, aber dieser Zwischenfall hatte ihn dermaßen verunsichert, daß er sich sogleich verabschiedete. Dieser Mann mußte katholisch sein, auch wenn mich sein erster Besuch eher vom Gegenteil überzeugen sollte. Noch am gleichen Abend kam er zurück und begann, ohne mich zu Wort kommen zu lassen, von seiner Jugend zu erzählen:

„Diese wenigen Perlen sind von dem Rosenkranz übrig geblieben, den mir meine selige Mutter in Köln als Andenken mitgab, als ich die Stadt verließ. Ich war damals 17 Jahre. Ich habe seitdem nie mehr wieder gebetet. Meine Mutter ist trotz ihrer vielen Beschwerden oft nach Trier gewallfahrtet, um für mich zu beten, aber die Bekehrung ihres Sohnes vermochte sie nicht zu erflehen. Immerhin habe ich den Rosenkranz bisher stets in Ehren gehalten."

Ich wollte Peter zu einer guten Generalbeichte bewegen damit er den inneren Frieden wiederfände. Nach Rücksprache mit dem Bischof hörte dieser die Beichte des jungen Mannes. Am 15. August, dem Hochfest der himmlischen Mutter, empfing Peter freudestrahlend die hl. Kommunion.

Während seiner Besuche hatte ich ihm von der kostbaren Kette und meinen Sorgen um sie erzählt. Er war sehr bestürzt, als er hörte, daß die Kette bereits das Ziel eines Einbruchs war. Unvorsichtigerweise hatte ich sie bei der Hochzeit von Herawati, einer Tochter Dr. Latips, getragen. Meine Unruhe weitete sich immer mehr aus, als ich eines Abends mein Zimmer vollständig durchwühlt vorfand. Die Japaner schraken vor nichts mehr zurück, um Schätze zu erbeuten.

Der Bischof war meine letzte Rettung. Vielleicht konnte er dieses kostbare Stück in die Obhut der Kirche aufnehmen. Ich erzählte ihm ausführlich die Geschichte meines kostbaren Schatzes. Als ich ihm die Kette zeigte, war er sehr erstaunt über dieses Kunstwerk. Leider könne er die Kette nicht im Kirchenschatz aufbewahren, da es sich um einen weltlichen Gegenstand handle.

„Auch ich bange um mein schönstes Kleinod. Sehen Sie …" Er holte ein Kreuz aus dem Safe. „Dieses Werk mit dem herrlichen Amethyst stammt vom hl. Papst Pius V. Ob es wohl hier sicher sein wird?"

Ich hatte vergebens gehofft. Mit einem gütigen Wort entließ mich der Bischof.

## Der entscheidende Augenblick

Die Gefahren wurden mit jedem Tag größer. Die Japaner schienen zu ahnen, daß sie nicht für immer die Herrschaft über das Inselreich haben würden. Seitdem die Alliierten von Australien aus mit ihren Luftgeschwadern die Insel überflogen und Bomben warfen, versuchte jeder zu retten, was zu retten war. Am gefürchtetsten war die Kem-Pai-Tai, die Geheimpolizei, mit der Gestapo oder der Tscheka vergleichbar, die durch Drohungen, Verhaftungen, Verhöre und Durchsuchungen alle Bewohner in Schrecken versetzte.

Um möglichst viel Beute machen zu können, hatten die Japaner die ganze Hauptstadt Djakarta in Bezirke eingeteilt. Es hieß zwar, daß die „Göttersöhne" die Wertgegenstände aufkauften, um der verarmten Bevölkerung zu helfen, in Wirklichkeit aber plünderte man Banken und Privathäuser, um den kaiserlichen Schatz und sich selbst zu bereichern.

Unter den ahnungslosen Südseeinsulanern spielten sich grauenhafte Szenen ab. Mehr als einmal wurde ein Menschenleben durch einen Dolchstoß ausgelöscht. Bei einer Leibesvisitation riß mir ein Soldat das Skapulier-Medaillon vom Hals und warf es wütend in die Ecke, als er sah, daß es wertlos war. Bei der Suche nach Gold, Brillanten und Schmuck wurden häufig Möbelstücke zerschlagen oder Gärten verwüstet.

Selbst der Kirchenschmuck und die heiligen Gefäße waren vor den Plünderern nicht sicher. Der Bischof – ebenso Opfer der skrupellosen Japaner – lebte in ständiger Angst um die geweihten Kunstschätze seiner Kirche, auf die man es besonders abgesehen hatte.

Da Pfingsten vor der Türe stand, kam mir der Gedanke, eine Vorbereitungsnovene zu halten, um den Schutz des Himmels zu erflehen. Zu diesem Zweck baute ich mein Hausaltärchen besonders liebevoll auf und schmückte es mit Blumen. Auf dem Altar standen die Herz-Jesu-Statue und eine kleine Figur der Muttergottes. Hier bestürmte ich den Himmel, er möge doch nicht zulassen, daß mir auch noch mein kostbarster Schatz genommen wird. Doch je weiter die Novene fortschritt, um so mehr spitzte sich die Lage zu. Peter wurde verhaftet, freigelassen und dann schließlich erneut verhaftet. Ich mußte einige Verhöre über mich ergehen lassen. Briefe von Mutter Perpetua wurden falsch ausgelegt und zu allerlei Verdächtigungen gegen mich ausgemünzt.

Endlich nahte der Samstag vor dem hohen Pfingstfest. Ein beklemmendes Gefühl überkam mich. Nochmals kniete ich vor meinem Altärchen nieder. Plötzlich hörte ich draußen Lärm. Nun würden sie kommen. Ein letzter Notschrei: „Hilf, Maria! Es ist Zeit! Hilf, Mutter der Barmherzigkeit … Die Kette!"

Kaum hatte ich die Worte ausgesprochen, da hörte ich eine klare Stimme: „Kind, gib sie mir!" Ich sah mich um. Wer mochte gesprochen haben? Ich war ganz allein im Zimmer. Ein letzter Aufblick zur Madonna. Und wieder sagte die Stimme: „Kind, gib sie mir!" Im gleichen Augenblick griff ich nach der in Watte gewickelten Kette, löste sie und warf sie in bebender Angst um die Marienstatue.

Jäh wurde die Tür aufgestoßen. Drei bewaffnete Japaner standen mit vorgehaltenen Gewehren vor mir. Mit lauernden Blicken stießen sie wilde Drohungen aus. Einer trat ganz nah an mich heran. „Wo hast du den Schmuck, das Gold und die Kette mit den Perlen?" – „Die Kette habe ich nicht mehr", gab ich ruhig zur Antwort. – „Wem hast du sie gegeben?" Seine drohende Gebärde ließ mich erstarren. Er trat vor das Altärchen, ließ die Waffe sinken und fragte: „Wer ist der Mann mit den blutigen Händen?" – „Es ist Christus, der Gott der Christen, zu dem ich bete", erwiderte ich in uneingeschüchtert. „Tennoheika ist Gott", schrie der Soldat. Als er den Namen des japanischen „Gottkaisers" aussprach, verneigte ich mich tief. Ich wußte: Wer dies beim hören des Namens nicht tut, kann auf der Stelle getötet werden. Ruhig sagte ich: „Vor eurem Kaiser habe ich große Ehrfurcht, aber ich bete zu diesem Christus, er ist unser Gott." – „Und wer ist diese schöne Frau?" – „Sie ist die Mutter des Christus." – „Wie heißt sie?" wollte ein anderer wissen. „Sie heißt Maria."

Die drei Soldaten traten näher an den Altar heran. Ihr Blick viel auf die Kette. „Diese Kette, die sie trägt, gehört sie der schönen Dame?" forschte einer von ihnen. Entschlossen gab ich zur Antwort: „Ja, die Kette gehört ihr!"

Sekunden höchster Spannung und innerer Angst folgten. Wird einer der Japaner, die an rauhe Kriegssitten gewöhnt sind, die Kette an sich nehmen? Abwechselnd schauten die Soldaten bald auf die größere, bald auf die kleinere Statue. Plötzlich wandte sich einer zu mir: „Wir haben den Befehl von Tennoheika: Wo immer einem fremden Gott ein Altar errichtet ist und wir ihm begegnen, sollen wir ihn ehren."

Der Anführer gab einen kurzen Befehl. Alle drei schlugen soldatisch stramm die Hacken zusammen. Der Anführer sprach, sich verneigend: „Wir geben dem fremden Gott und seiner schönen Mutter die Ehre!" Mit einer Grußgeste verließen die drei mein Zimmer. Ein Pfingstwunder? Ich konnte nur eines tun: niederknien und danken.

Wenn das Herz von Glück erfüllt ist, möchte es sich mitteilen. Ich wartete auf Peter, um ihn an meinem Glück teilhaben zu lassen. Es war schon halb neun, als er endlich kam. Sein Gesicht spiegelte Angst und Schrecken wieder. Die Blutspuren und blauen Flecken an seinem Körper deuteten auf eine Mißhandlung hin. Peter ließ sich auf einen Stuhl fallen und berichtete stockend von seiner Fahrt, die er schon um 5 Uhr morgens angetreten hatte.

Plötzlich hielt er inne. Während ich ihm einen Verband anlegte, fragte er unvermittelt: „Wo ist die Kette? Die Situation wird immer bedrohlicher. Regelrechte Raubzüge nach Gold und Schmuck sind im Gange. Wüßte ich doch einen Weg, die Kette in Sicherheit zu bringen!" Da erzählte ich ihm, was sich vor ein paar Stunden hier im Zimmer ereignet hatte. Staunend trat er an das Altärchen. „Wahrhaftig! Maria trägt die Kette. Das ist wirklich merkwürdig. Vor kurzem kam mir plötzlich der Gedanke: Die kostbare Kette sollte man eigentlich der himmlischen Mutter schenken. Ich weiß nicht, wie ich darauf kam. Was soll jetzt aber geschehen? Hier ist sie nicht sicher."

Ich rief sofort die treue Haushälterin, die jeden Abend von ihrem Mann abgeholt wurde. Die beiden gaben uns, nachdem sie die Straße ausgespäht hatten, Entwarnung. Alles war ruhig, nichts Auffälliges war in den Straßen zu sehen. So entschloß ich mich, noch an diesem späten Abend mit dem Fahrrad zur Wohnung des Bischofs zu fahren. Ich legte den weißen Kittel mit der Rot-Kreuz-Binde an und band die Kette um mein rechtes Knie. Dann wickelte ich einen Verband um die Kette und goß Jod darüber, um bei einer eventuellen Untersuchung sicher zu sein, und stürmte los.

Die Fahrt zur Wohnung des Bischofs verlief ohne Zwischenfälle. Ich läutete an der Pforte und kurz darauf wurden hinter der schweren Tjati-Türe Schritte laut. Als ich meinen Namen nannte, öffnete sich die Türe gerade so weit, daß ich hineinschlüpfen konnte. Die späte Stunde und mein ängstliches Verhalten machten den Bischof stutzig. Vorsichtig schloß er hinter mir ab und fragte in flüsterndem Ton: „Ist mit Peter etwas geschehen?" Ich verneinte dies und bat den Bischof, mir kurz seine Aufmerksamkeit zu schenken. In aller Eile löste ich die kostbare Kette aus dem Verband, stellte die kleine Madonna, die ich bei mir hatte, auf den Tisch und begann alles zu erzählen.

Sichtlich ergriffen hörte der Bischof zu und erwiderte: „Jetzt liegt der Fall ja ganz anders! Die Kette gehört nicht Ihnen. Sie ist Eigentum der Gottesmutter geworden. Ich will gern ein Schriftstück aufsetzen und unterzeichnen, um zu bestätigen, daß ich die Kette im Namen der Kirche rechtmäßig übernommen habe." Dann ließ er den amtlichen Ton beiseite und fuhr mit leiser Stimme fort: „Haben Sie schon einmal darüber nachgedacht, welche Absicht die Gottesmutter hatte, als sie Ihnen diesen Gedanken eingab? Oder glauben Sie, daß die Königin des Himmels ein persönliches Interesse an diesem Schmuckstück hat?" Ich verstand die Fragen des Bischofs nicht ganz und schüttelte verlegen den Kopf.

„Nun, so will ich es Ihnen heute abend sagen: die Gottesmutter bedarf Ihrer kostbaren Kette nicht. Dennoch hat sie dieses Schmuckstück von Ihnen gefordert, weil Ihr armes Herz so sehr daran hängt. Sie haben Ihr letztes und wertvollstes Kleinod ja nur für sich selbst retten wollen. Der Wunsch Unserer Lieben Frau könnte besser so lauten: „Kind gib es mir, nämlich dein Herz, das noch so sehr an dieser Kostbarkeit hängt!"

Ich schwieg. Der weise Bischof hatte mir die Augen für etwas geöffnet, was ich früher nicht sehen konnte, nicht sehen wollte. Die Tür zu einer neuen Welt wurde mir aufgestoßen, und ich stand zwar in der offenen Tür, aber ich wußte nicht weiter. Welcher Bestimmung sollte die Kette dienen?

Da ich in der Pfingstnovene die Hilfe des Bruders Konrad angerufen hatte, lag der Gedanke nahe, der schwarzen Madonna des bayrischen Gnadenortes Altötting, wo der heilige Bruder 30 Jahre lang der Gottesmutter gedient hat, die Sternperlenkette zu schenken. Der Bischof verstand mein Ansinnen. „Mit diesem Weihegebet sollten Bitten und Flehrufe an die himmlische Frau emporsteigen, damit sie dem großen Inselreich Mutter und Schutzfrau werde."

War nicht in der Zusammensetzung und Form der Kette eine solche Bitte symbolisch angedeutet? In der Mitte barg sie einen großen goldenen Stern und darin eingebettet die kostbarste aller Perlen. Maria ist der „Stern des Meeres". Und wie sich rechts und links an den Stern je vier Seerosen mit kleineren Perlen anreihen, so sollten die acht Inselgruppen der Südsee der himmlischen Herrin als Stella maris anvertraut werden. Sie, die Königin der Missionen, mußte heute mehr denn je angefleht werden, daß der Heilige Geist auf ihre Fürsprache seine reiche Gnade ausspende über die Menschen von Insulinde, damit sie den einen wahren Gott erkennen und zum rechten Glauben kommen, damit aber auch Priester- und Schwesternberufe geweckt werden, die diesem Volk den Weg zum Herrn bereiten.

Die Zeit drängte. Ich mußte mich schnell auf den Heimweg machen. Nach zehn Uhr abends war jeder auf der Straße der Gefahr ausgesetzt, von bewaffneten Japanern aufgegriffen zu werden. Mit dem Segen des Bischofs machte ich mich auf. Kaum war ich bei den schützenden Hallen von Dr. Latips Haus angekommen, als die Sirenen die Sperrstunde einriefen.

## McArthur entreißt uns der Hölle

In Kriegszeiten schießen die Prophezeiungen wie Pilze aus dem Boden. Die Menschen der Inselvölker lasen aus den heiligen Büchern von der endgültigen Erlösung. Ihre Ältesten, weise Männer, deuteten die Zukunft: Einmal nach vielen langen Jahren wird der weiße Mann das Land verlassen. Jahrhunderte wird er herrschen und Gutes bringen, aber auch schwere Schuld auf sich laden. Alsdann wird ein Volk kommen, das die Sonne im Wappen und auf der Fahne führt. Es wird rasch einbrechen und im schnellen Sieg die Macht im Lande erringen. Doch ein Mächtigerer wird über dieses Volk kommen, auch ein Eroberer. Erst dann werden die Inselbewohner hoffen dürfen, daß die Freiheit nahe ist. Dies alles wird geschehen, wenn die Natur laut sprechen wird: in den Vulkanen, die unruhig werden, und im Banju-Biro, dem „Blauen Fluß", der sich rot färben wird. Wenn sich dies erfüllt, geht Insulinde der Befreiung entgegen. Diese Endzeitstimmung der weißen und gelben Herrschaft erlebten wir auf Java mit.

So aufregend das Geschehen war, brachte es doch für zahllose Menschen unbeschreiblichen Kummer und

Schmerz. Die allgemeine Unsicherheit und mein großes Verlangen nach stärkerer religiöser Betätigung in einer christlichen Umgebung ließen meinen langgehegten Plan, ins Kloster der Ursulinen überzusiedeln, Wirklichkeit werden. Hier hatte ich auch auf den Rat des Bischofs die Sternperlenkette untergebracht.

Der Abschied von meinen Gastgebern, der Familie Dr. Latip, fiel mir nicht leicht, aber der einsichtige Doktor verstand meinen Entschluß. Einstweilen hielt ich die Verbindung mit dieser Familie durch öftere Besuche aufrecht.

Gleich zu Beginn wurde ich im Kloster bereits mit schweren Aufgaben betraut, denn hier herrschte bittere Not. Täglich mußten nahezu hundert Menschen gespeist werden, und das bei der ungeheuren Lebensmittelknappheit in dieser Stadt! Durch die japanischen Behörden war nichts zu erreichen, da die meisten Schwestern Holländerinnen waren.

So entschloß ich mich, auf Bettelreise zu gehen. Im Kloster gab es aus besseren Zeiten manch wertvolle Dinge, die man nicht unbedingt zum Leben brauchte. Ich versuchte, bei Chinesen und Malaien alles zu Geld zu machen, um Lebensmittel und Medikamente kaufen zu können. Die ausgesuchten Gegenstände lud ich auf einen Eselskarren und fuhr damit zum Markt. Wenn ich dann abends mit vollen Taschen heimkam, strahlten die Augen der Schwestern. Ich war so froh, ihnen helfen zu können.

Unter meinen Kunden waren auch viele Moslems. Sie hatten eine Vorliebe für kleine Teppiche, die die Ordensfrauen unter meiner Anleitung aus langen Läufern schnitten und säumten. Manche Moslems gingen mit dem erstandenen Teppich in den Tempel, um darauf zu beten.

Es war doch irgendwie seltsam: Die Teppiche auf denen die frommen Nonnen geschritten, auf die so viel Weihwasser gesprengt war, dienten nun den Moslems zu ihrem Gebet.

Die Zeit verrann in harter Arbeit und Sorge um das tägliche Brot. Es kam der März des Schicksalsjahres 1945 und mit ihm die beginnende Kapitulation Deutschlands. Sie war ein erschreckendes Mahnzeichen für die Japaner in Südostasien. Welches Schicksal würde den Weißen auf Java und in ganz Insulinde beschieden sein? Von Peter hatte ich längst keine Spur mehr. Wenige Tage nach seiner erneuten Verhaftung wurde mir ein Briefumschlag zugespielt, der mit Blut zugeklebt war. Darin befanden sich abgeschnittene Kopfhaare, die sicherlich von Peter stammten. Mich packte das Grauen.

Bald darauf folgten endlose Verhöre. Ich sollte meine Beziehung zu Peter erklären. Es gab nur eine Antwort: Ich habe mich um sein Seelenheil gesorgt. Seine Vergangenheit war mir gänzlich unbekannt. Mir blieb nur die Hoffnung, daß sich Peter nach seiner Bekehrung bewährt hat, auch im Tod.

Die Monate gingen qualvoll dahin. Der August 1945 war angebrochen. Am 8. Tag dieses Monats wurde die Welt von einer grausamen Nachricht erschüttert: Zwei Großstädte Japans, Hiroshima und Nagasaki, sanken unter der ersten Atombombe in Trümmer. In einem einzigen Augenblick wurden 80 000 Menschenleben ausgelöscht, Zehntausende verstümmelt und einem langsamen Sterben preisgegeben. Die Gesichter der japanischen Soldaten waren merkwürdig verändert. Statt der einstigen Arroganz konnte man in ihnen plötzlich Angst und Unruhe entdecken.

Am 15. August wurde mit den Alliierten Waffenstillstand geschlossen. Nur drei Jahre hatte das Sonnenbanner der Söhne des Tennoheika über dem Inselreich der Südsee geweht.

Während Japans Macht zu Ende ging und die gelben Soldaten von den Inseln abzogen, drangen bereits die ersten Kolonnen der Alliierten in Indonesien ein. Jetzt glaubte die Untergrundbewegung der Eingeborenen, die sich seit langem zum Kampf gerüstet hatte, ihren Tag für gekommen. In aller Offenheit waren sie im Begriff, den Kampf um Freiheit und Selbständigkeit aufzunehmen. Jetzt war die günstigste Gelegenheit, die Vorherrschaft der Weißen endgültig zu brechen und mit ihnen abzurechnen.

Auf der Gegenseite begannen die vordringenden Engländer und Amerikaner, die Macht der früheren Kolonialherren zu übernehmen. Hüben und drüben wurde verhaftet und verurteilt. Drohende Gewitterschwüle lag wieder über dem Inselreich, besonders über Java, dem Herd und Zentrum der Freiheitsbewegung. Ich befand mich plötzlich zwischen zwei Feuerlinien. Ich war eine Weiße, andererseits aber so eng mit Insulinde verbunden, daß es mir zur zweiten Heimat geworden war. Deshalb konnte ich das Verlangen und Streben nach Freiheit nur all zu gut verstehen.

Schneller als ich ahnte, brach das Verhängnis über mich herein. Am 12. Dezember 1945 erschienen Engländer im Kloster der Ursulinen und wollten mich sprechen. Ohne Angabe von Gründen wurde ich verhaftet und in einer ehemaligen Schule eingesperrt. Später wurden mir nähere Beziehungen mit vornehmen indonesischen Familien vorgeworfen, die der Freiheitsbewegung angehörten. Eine Tochter der Familie Latip teilte mit mir das gleiche Los, ohne daß ich jeoch Näheres darüber erfahren konnte.

Nur einmal fiel ein Lichtstrahl in das Dunkel meiner Gefangenschaft. Am zweiten Weihnachtstag 1945 war mir gestattet worden, unter polizeilicher Bewachung zur Kathedrale zu gehen. Aus der Hand des Bischofs, dessen Beichtkind ich während der letzten drei Jahre gewesen war, durfte ich die hl. Kommunion empfangen. Die Schritte zur Kommunionbank konnte ich ohne Bewachung machen, aber meine Zwiesprache mit dem göttlichen Meister war nur kurz. Schon rissen mich die Soldaten aus der Seligkeit wieder in die rauhe Wirklichkeit zurück. Zögernd erhob ich mich und sah die ersten Beter die Kirche betreten. Es waren die weißen Nonnen, die, wie mir schien, in stummem Mitgefühl ihre Plätze einnahmen. Mit einem Blick überschaute ich die ganze Schwesternschaft. Mutter Perpetua sank leidvoll in die Knie.

Ende Dezember bekam ich eine Leidensgenossin, eine bildschöne, stattliche junge Frau. Nennen wir sie Mira. Sie war verhaftet worden, weil sie mit dem Anführer der Freiheitsbewegung eine freundschaftliche Beziehung hatte. Ich schloß mich ihr an, weil mir ihr Wesen sympathisch war. Schon bald gewann ich einen gewissen Einblick in ihr Seelenleben und ihre Vergangenheit. Sie faßte Vertrauen zu mir und eröffnete mir nach und nach ihr Inneres. Das Ungewisse der Zukunft und das Dunkel, das über ihrem Schicksal schwebte, hatte sie aus ihrer religiösen Gleichgültigkeit aufgeschreckt und dem Glauben ihrer Kindheit wieder nähergebracht. Ich versuchte, ihr zu helfen und empfand diese Aufgabe als großen Trost.

Eines Tages, es war am Geburtstag von Mira, fiel uns auf, daß der englische Kapitän R. ungewöhnlich freundlich zu uns war. Er setzte sich sogar zu uns an den Tisch und ließ durchblicken, daß er nicht verstehe, weshalb wir mit Verbrecherinnen eingesperrt seien. Er werde alles daransetzen, unsere Freilassung beim Colonel zu erwirken. Auf Umwegen erfuhr ich, daß die Ursulinen meinetwegen schon des öfteren vernommen wurden. Auch meine Koffer hatte man durchsucht, um Beweise gegen mich zu finden.

Ende Januar wurden wir bereits zum fünften Mal umquartiert. Durch eine Luke der Dachkammer drang spärliches Licht. Die Verpflegung war karg und denkbar schlecht. Man ließ uns fühlen, daß unsere Lage fast aussichtslos war. Dafür sprachen auch die äußerst scharfen Verhöre, die in den drei Tagen vom 8. bis zum 10. Februar folgten. Es war uns klar, daß nicht Gerechtigkeit, sondern blinder Haß am Werk war.

Bei diesen Verhören tat sich besonders ein Polizist, der in holländischen Diensten stand, durch seine Brutalität hervor. Ich erklärte ihm: „Solange Sie uns nicht anständig behandeln, gebe ich Ihnen keine Antwort!" – „Sie sind eine Spionin", schrie er mich an, „dafür haben wir Beweise." – „Dann müssen Sie Dokumente vorweisen können. Wenn Sie mich als Spionin bezeichnen, weil ich im Krankendienst für indonesische Menschen gearbeitet habe, halte ich Sie und alle, die so urteilen, für irrsinnig!" – „Wissen Sie nicht, daß wir im Namen der Königin Recht sprechen? Was Sie gerade gesagt haben, ist Majestätsbeleidigung." – "Wäre die Königin hier", entgegnete ich, "würde sie über die Machenschaften und ungerechten Urteile ihrer Untertanen erschrecken."

Das Verhör wurde abgebrochen. Zu Mira sagte ich nur noch: "Nun ist es geschehen. Wir sind am Ende. Sie werden uns auf die Insel Onrust bringen. Und das bedeutet den Tod!"

Am gleichen Tag wurde mir ein Zettel von Mutter Perpetua in die Hand gespielt. Sie teilte mir in wenigen Worten mit, daß sie mit den anderen Schwestern Tag und Nacht für unsere Rettung bete.

Mit schwerem Herzen verbrachten wir die folgende Nacht, die vielleicht unsere letzte sein würde. "Von diesen Frauen, die von den Engländern verhaftet sind und hierher gebracht wurden, kommt keine mehr lebendig heraus", so hieß es dauernd. Zudem wußten wir, daß in den letzten Tagen schon einige Todesstrafen vollstreckt worden waren.

Unsere letzte Hoffnung war Father Low, der englische Feldseelsorger und Armeepfarrer. Er kannte unser Schicksal und kämpfte wie ein Löwe gegen das Unrecht, das uns angetan wurde. Allerdings gab es ein gefährliches Wort, das ich in einem Verhör gesagt hatte. Auf die Frage: Sind Sie pro merdeka (d. h. für die Freiheitspartei)?" hatte ich erwidert: "Ja!", aber gleich hinzugefügt: "Ich bin nicht nur für die Freiheit der Indonesier, sondern für die Freiheit aller Völker!"

Ein glücklicher Umstand kam dem eifrigen Father Low bei seinen Bemühungen sehr gelegen. General McArthur kam von Australien, um die unter amerikanischem Kommando stehenden Truppen zu inspizieren. Da er von

Inhaftierungen und Verurteilungen durch die Engländer gehört hatte, verlangte er in seinem Gerechtigkeitsgefühl die Listen der Gefangenen und die einzelnen Strafakten. Nachdem der General die Unterlagen eingesehen hatte, ordnete er sofort unsere Freilassung an.

Noch in der Nacht zum 11. Februar, dem Tag der Erscheinung der seligsten Jungfrau in Lourdes, überbrachte uns Father Low freudestrahlend die Botschaft. Wir konnten es kaum fassen. Mira versprach, mit mir zum Kloster zu gehen, um Gott für die Rettung zu danken. Die Engländer entschuldigten sich: „It was a mistake" (es war ein Irrtum). Ein verhängnisvoller Irrtum, der zwei Menschen an den Rand des Todes gebracht hatte.

Trotz aller Freude über den glücklichen Ausgang des unheimlichen Prozesses machten sich die Folgen der Gefangenschaft bald bemerkbar: Ich war völlig erschöpft nach den unsäglichen Entbehrungen und seelischen Qualen. Dies bewog Father Low, sich beim Bischof dafür einzusetzen, daß ich für längere Zeit nach Europa zurückkehren sollte. Mutter Perpetua stimmte dem Plan zu, obgleich es ihr nicht leicht fiel.

Bis zum Antritt der Reise zeigte ich mich bei Father Low erkenntlich. In seiner nahe der englischen Kolonie gelegenen Kapelle, eigentlich war es eine Scheune, sorgte ich für Reinlichkeit und Ordnung. Ich konnte diesem Priester auch ein prachtvolles Meßgewand beschaffen, das Bian mit eigener Hand angefertigt hatte.

Bei Besuchen in Miras Haus, wo auch Father Low öfters zu Gast war, wurde Verschiedenes für die Rückreise besprochen. Meine Gedanken eilten dem Tag entgegen, an dem ich der Gnadenmutter von Altötting die Sternperlenkette übergeben durfte.

## Abschied von Insulinde

Im Kloster der Ursulinen herrschte gegen Ende des Jahres 1946 eine außergewöhnliche Betriebsamkeit, die im krassen Gegensatz zu dem still-friedlichen Arbeiten und Beten der Schwestern stand. Die allgemeine Unruhe hatte auch vor den Klostermauern nicht halt gemacht. Die Schülerinnen wurden durch Terrorbanden abgeschreckt, den oftmals sehr weiten Schulweg zu gehen. Nicht nur die klösterliche Ordnung litt, auch die Schülerzahl nahm ständig ab. So sahen sich die Oberinnen gezwungen, ihre Lehrkräfte an anderen, ruhigeren Orten einzusetzen, so wie es der Augenblick gerade erforderte. Missionsschwestern sind immer und überall Pioniere, die nie damit rechnen können, immer nur an einem Ort zu arbeiten.

Durch diese notwendigen Umstellungen und Versetzungen wurde auch Mutter Perpetua aus ihrem bisherigen Wirkungsfeld herausgerissen. Sie sollte zunächst eine Aufgabe in Surabaia übernehmen, um später eine leitende Stellung im Pensionat der Ursulinen in Bandung zu erhalten. So mußte Mutter Perpetua, die mir über Jahre hinweg eine mütterliche Beschützerin gewesen war, noch vor meiner Abreise das Kloster verlassen. Das war sowohl für die „Mutter" als auch für mich ein harter Schlag.

Bald kam der Tag, an dem sie Abschied nehmen sollte. Wir verbrachten die letzten Minuten in meinem Zimmer. Es wurden nicht viele Worte gewechselt, zu stark bedrückte die baldige Trennung unsere Herzen. Wir knieten auf dem kleinen handgearbeiteten Zimmerteppich nieder, um uns ganz dem Willen Gottes hinzugeben. Dann griff die resolute Ordensfrau in die Tasche, holte die kleine japanische Metalldose mit der Sternperlenkette hervor und legte sie behutsam in meine Hand.

„Nimm den Schmuck, den ich so lange hüten durfte! Ich kann nichts mehr für dich tun. Mögen die Engel und Heiligen dich auf der weiten Fahrt behüten, damit die Kette sicher zum Gnadenort kommt und dort das Bild der himmlischen Mutter ziert. Ich begleite dich mit meinen Wünschen, Fürbitten und Opfern, so gut ich nur kann. Die Gnadenmutter von Altötting möge auch uns segnen und den Menschen Indonesiens die Mutter der barmherzigen Liebe werden. Sei stark, mein Kind! Du gehst als Botin zur Mutter von Altötting! Das soll unser Trost sein. Der hl. Bruder Konrad begleite dich!"

Ich dachte mit bangem Herzen an die Zukunft. Wie würde meine Heimat nach den langen furchtbaren Kriegsjahren wohl jetzt aussehen? Mit Grauen erinnerte ich mich an die Nachrichten, die von zerstörten Städten und Dörfern, von Hunger und Elend berichtet hatten. In dieser seelischen Not klammerte ich mich an die Zuversicht und das Gottvertrauen, das mir aus den klaren Augen Mutter Perpetuas entgegenleuchtete. Solche Menschen imponieren nicht nur, sie stärken auch unseren Opfergeist und reißen uns aus der Verzagtheit empor.

Es klopfte. Mutter Perpetua mußte Abschied nehmen. Der Wagen stand vor der Tür, um sie zum Flugplatz zu bringen. Wie oft hatten wir gemeinsam das Gebet gesprochen, das man in Insulinde beim Rosenkranz zu den hl.

fünf Wunden betet: „Geduldig streckst du deine Füße hin auf dem harten Kreuzesstamm. Durch die heilige Wunde deines rechten Fußes entreiße mich den Schlingen, die meine Feinde mir legen, und laß mein Erdenwerk einzig für dich gelingen. Läßt du mich Dornenwege gehen, laß mich sicher schreiten, denn du hast mir den Weg gezeigt. Ich bin bereit zu streiten." Es ist leicht, solche Worte zu sprechen, wenn alles nach Wunsch und Willen geht, aber wenn der Herr Ernst macht und man die ganze Wucht des Kreuzesstammes und den Schmerz der Nägel spürt, dann erst zeigt es sich, ob wir echte Kreuzträger sind.

Zusammengekauert saß ich auf meinem kleinen Teppich und fühlte, wie in mir eine Welt der Liebe und Geborgenheit zusammenbrach ... Fest entschlossen preßte ich die kleine Silberkassette an mich, denn mir war, als wenn tausend gierige Hände danach greifen würden.

Ich rief mir die letzten Worte Mutter Perpetuas in Erinnerung: „Wenn ich mit dem Wagen das Kloster verlassen habe, dann geh zum Herrn im Tabernakel! Bete dort für uns beide um Kraft. Alles, was wir tun und leiden, ist ja für ihn und seine heiligste Mutter." Und wie eine Melodie, die im Raum erklingt und niemals zu Ende geht, vernahm ich ihr allerletztes Wort: „Nachfolge!"

Ich erhob mich und schritt durch die weiten Gänge zur Klosterkirche. In der Nähe des Altares kniete ich mich in eine Bank. Die Zeit schien still zu stehen. Niemand störte meine Andacht. Mehr sinnend als betend verharrte ich in der lautlosen Einsamkeit der großen Kirche. Da berührte eine zarte Hand meine Schulter. Schwester Felizitas, die leibliche Schwester Mutter Perpetuas, hatte mich gesucht. Sie wollte mich trösten, da sie wußte, wie sehr ich an ihrer

Schwester hing. Trotz ihres aufrichtigen Mitgefühls konnte sie die Trauer um den Verlust nur wenig lindern. Die Vorsehung hatte mir für lange Zeit eine große Seele als Begleiterin auf meinem Weg geschenkt und sie mir nun wieder genommen: der Wille des Herrn geschehe!

Sehnsüchtig hoffte ich auf Post von Mutter Perpetua. Der erste Brief ließ nicht lange auf sich warten. Wenn auch die tröstenden Zeilen ihre Gegenwart nicht ersetzen konnten, so freute ich mich doch wie ein kleines Kind.

Meine Abreise, die immer näher rückte, fiel mir jetzt schon etwas leichter, denn die Trennung von den geliebten Menschen war äußerlich bereits vollzogen. Es fehlte nur noch die räumliche Trennung von Indonesien. Mein Herz hing auch jetzt noch an diesem Flecken Erde und seinen Menschen, doch der blutige Krieg hatte das Bild meiner zweiten Heimat in manchen Zügen so verzerrt, daß ich mich ohne Zögern in die Reisevorbereitungen stürzte. Es gab noch so vieles zu erledigen. Da man mir den größten Teil meines Besitzes genommen hatte, stand ich ohne finanzielle Mittel da. Auch fehlten manche Papiere, die in solchen Zeiten zu einer Ausreise notwendig waren.

Glücklicherweise schaltete sich der so unermüdliche Father Low wieder ein. Er setzte sich mit englischen Schiffsbehörden in Verbindung und erreichte, daß mir die Fahrt auf einem englischen oder holländischen Schiff – letzteres fuhr unter englischer Flagge – gestattet wurde. Es kam mir dabei zugute, daß ich längere Zeit beim „Indonesischen Roten Kreuz" tätig gewesen war. Bis Singapur war meine Reise somit gesichert, und durch Vermittlung einer englischen Dame vom Roten Kreuz erhielt ich auch die Papiere zur Zwischenlandung in Singapur. Von dort mußte die Weiterfahrt irgendwie geregelt werden. Wie, das wußte ich noch nicht.

Das Wichtigste war nun, die Silberdose mit der Sternperlenkette sicher zu verstecken, denn ich hatte von der strengen Kontrolle der englischen Zollbeamten gehört. Ich fertigte ein Säckchen aus starkem Leinen an, das ich mit Bändern an meinem Körper befestigte, damit es nicht auffiel.

Der Anblick des großen Hafens war beeindruckend. Meine Füße gingen zum letztenmal über den geliebten indonesischen Boden. Als ich den ersten Schritt zum Laufsteg tat, war dies zugleich der Eintritt in eine neue Welt, während ich die alte Welt hinter mir zurückließ. Alle Ausreisepapiere hielt ich stets bereit für die Kontrolle. Obgleich ich nachweisen konnte, daß ich gegen sämtliche Krankheiten geimpft war, mußte ich mir nochmals drei Injektionen verabreichen lassen, die schon bald heftiges Fieber hervorriefen.

Bis zur Abfahrt vergingen etliche Stunden. Innerlich zerrissen und fiebernd stand ich an der Reling des mächtigen Dampfers und sah auf das Meer hinaus, das ich so liebte, und wieder auf das Schiff, das ich so haßte, weil es mich von Indonesien wegführen sollte. Langsam löste sich das Schiff vom Kai und steuerte ins offene Meer hinaus. Die Fahrt nach Singapur hatte begonnen. Ich ging in meine Kabine und verriegelte die Tür. In diesem Augenblick war Alleinsein die beste Medizin für mich. Ich warf mich auf das Bett und versank sofort in einen tiefen Schlaf.

Als ich am folgenden Morgen auf Deck ging, war keine Küste mehr zu sehen. Die Sonne brannte heiß vom wolkenlosen Himmel. Um mich herum tummelte sich ein buntes Gemisch verschiedener Nationen in ihrem Sprachen- und Gebärdenspiel. Ich sah kein einziges bekanntes Gesicht unter den Mitreisenden, und das war gut, denn ich suchte keine Unterhaltung. Wie ein Nachtwandler taumelte ich durch den Trubel. Wieder und wieder wandte sich mein Blick unwillkürlich nach dem Land zurück, das ich als Achtzehnjährige in jugendlichem Überschwang nie mehr hatte verlassen wollen. Stunde um Stunde, Tag um Tag entschwand dieses Land in weitere Ferne, und Singapur kam immer näher.

Während der Fahrt gingen mir viele Fragen durch den Kopf: Würde Father Low bald nachkommen? Würden Miras Freunde am Hafen auf mich warten? Wie würde die Weiterfahrt werden? Ich wußte nur eines: Singapur war für mich eine fremde Welt …

Und dann kam die große Überraschung! Kaum hatte ich das Schiff verlassen, da hörte ich jemand meinen Namen rufen. Ein Glück, daß ich Malaiisch verstand. Die Familie A., mit der Mira in Verbindung stand, hatte einen vornehmen Wagen an den Hafen geschickt. In rasanter Fahrt ging es mitten in das Geschäftsviertel zum „Seidenpalast" des reichen Inders, eines Hindu.

Nach der ersten Begrüßung wurde ich in einen Raum geführt, der für die Frauen des Hauses reserviert war. Hier wurden verschiedene Erfrischungen gereicht. Frau A. überbot sich förmlich an Liebenswürdigkeit. So bekam ich einen ersten Eindruck von der sprichwörtlichen Gastfreundschaft der Inder, obwohl ich der Familie ganz fremd war und nur wußte, daß der Freund und Geliebte Miras ein Bruder des Hausbesitzers war. Da das Verhältnis

Miras zu diesem Bruder den sittlichen Begriffen der gläubigen Hindus widersprach und die Familie von meiner Freundschaft mit Mira wußte, begann ich zu verstehen, daß sich der Gastgeber von meinem Besuch etwas Bestimmtes versprach.

Für meine Unterkunft hatte der Gastgeber gesorgt. Bis zur Weiterfahrt konnte ich im gastlichen Kloster der Canossian Sisters wohnen. Fast jeden Nachmittag fuhr der vornehme Wagen vor und brachte mich zu den schönsten Sehenswürdigkeiten der Stadt. Auch zu Feiern und Festen wurde ich abgeholt. Wenn ich heute an all die schönen Zeremonien bei der Begrüßung und bei den Mahlzeiten zurückdenke oder die Unmenge von verschiedensten Speisen, Getränken und Früchten ins Gedächtnis zurückrufe, so kommt es mir vor, als sei ich im Märchenland gewesen.

Wie ganz anders dagegen verlief mein Alltag bei den Canossian Sisters, die arme Waisen betreuten. Die Kinder aus Malakka, China, Borneo und Japan hatte ich bald liebgewonnen. Besonders schloß ich die kleine Tabitha in mein Herz. Sie war ein chinesisches Mädchen, das die Eltern auf der Flucht vor den Japanern verloren hatte. Das Kind war vorübergehend von einer malaiischen Familie aufgenommen worden, deren Sprache es bald erlernte. So konnten wir uns herrlich in der neuen „Muttersprache" unterhalten.

„Du mußt immer bei mir bleiben", bettelte die Kleine. Wenn ich in Nachdenken versunken war, kam sie schnell angetrippelt, schmiegte sich an meine Knie und sagte altklug: „Nicht so viel denken, Tante, das macht nur Kopfweh!" Ich hätte Tabitha gern in die Heimat mitgenommen und bedauerte sehr, daß es unmöglich war. In den kurzen Wochen war mir das Kloster zu einem echten Heim geworden.

Als die Generaloberin von Portugal wenige Tage vor meiner Abreise zur Visitation kam, durfte ich bei der Feier die Orgel spielen. Lächelnd meinte Mutter Generaloberin: „Wenn es Ihnen Freude macht, geben wir Ihnen hier im Kloster gern ein Zuhause. Die Kinder hängen an Ihnen. Wenn Sie in die Stadt fahren, können sie es nicht abwarten, bis Sie wieder da sind."

Ich dankte der großen Frau herzlich, aber meine Abfahrt war festgelegt. Die Vorsehung hatte mit diesem tröstlichen Intermezzo wieder einen hellen Lichtstrahl durch die dunklen Wolken geschickt, mir aber gleichzeitig zum Bewußtsein gebracht, daß wir nur Gast auf Erden sind.

Eines Tages kam die frohe Nachricht: Father Low ist angekommen. Mit seiner fast „allmächtigen" Hilfe konnte die Weiterfahrt gesichert werden. Noch einmal zeigte sich die Güte der Familie A. in überraschendem Maße: Das Schönste an Kleidern und Wäsche wurde mir zur Auswahl angeboten. Doch ich überließ es der Familie, mir zu geben, was ihr gut schien. Ich mußte tatsächlich neue Koffer kaufen, um alle Geschenke verpacken zu können. Zudem bot sich der indische Hausherr an, mich zum Hafen zu begleiten.

Father Low wurde schnellstens verständigt, und dann nahm ich Abschied von der liebgewonnenen Hindu-Familie. Der Ozeanriese „Athlone Castle" lag zur Abfahrt bereit. Father Low drückte mir fest die Hände und sprach mit gütigem Lächeln: „Täglich werde ich beim hl. Opfer an die Reisenden denken. Sie werden es brauchen können, denn auf dem Meer drohen große Gefahren von den Minen, die noch an vielen Stellen im Wasser treiben."

Die Schiffssirenen heulten. Die Anker wurden gelichtet. Schwer stampften die Maschinen. Der Koloß setzte sich langsam von der Küste ab.

## Aus glühender Hitze in Kälte und Nebel

Wenn man an tausend Dinge denkt, vergißt man leicht das Wichtigste. Als ich an der Reling stand, griff meine Hand unwillkürlich nach der Silberdose mit ihrem kostbaren Inhalt. Bei all dem Abschiednehmen war sie ganz in den Hintergrund meiner Gedanken gerückt. Ich atmete erleichtert auf: Das Säckchen lag noch fest am Körper.

Der gute Father Low stand am Kai und winkte. Mehrmals hob er seine Hand zum Segen. Als ich seinen Gruß dankbar erwiderte, trat ein junger Engländer in Uniform an meine Seite. Freundlich fragte er: „Der Mann, der da unten winkt, ist wohl ein katholischer Priester?" – „Oh ja", gab ich zur Antwort, und wie im Selbstgespräch fuhr ich fort: „Es ist Father Low aus einer adeligen Familie. Sein Vater ist Anglikaner. Father Low ist Konvertit, was ihn seiner Familie etwas entfremdet hat. Er selbst aber ist in seinem Beruf sehr glücklich."

Nun winkte auch Tom – so hieß der junge Engländer – Father Low zu und rief laut zum Ufer hinüber: „I will protect her! – Ich werde sie beschützen!" Um seine Worte zu bekräftigen, legte er seinen Arm schützend um meine Schultern.

Schon bald sollte ich erfahren, daß Tom nicht nur ein Gentleman, sondern auch ein Katholik von echtem Schrot und Korn war. Langsam entschwand die markante Gestalt Father Lows aus unserem Sichtfeld. Nach einer Kursänderung des Schiffes hatten wir bald die Sicht zum Festland verloren. Bei sehr ruhiger See ging es mit zunehmender Geschwindigkeit in den Ozean hinaus.

Tom half mir, meine Kabine zu finden. Hier war das kleine Gepäck untergebracht, während die großen Koffer im Schiffsrumpf verstaut waren. In der Kabine befanden sich sechs Betten, so daß ich ein angstvolles Gefühl bekam, wie sich wohl das Leben in diesem engen Raum mit so vielen Menschen diese lange Zeit hindurch abspielen würde. Aber zu meinem Erstaunen war die Kabine nur von einer Ungarin und ihren beiden Töchtern, Kathinka und Luluschka, Kindern von 10 und 12 Jahren, belegt. Der Vater war im Massenquartier der Soldaten untergebracht, die vom Kriegsschauplatz in die englische Heimat zurückkehrten. Der große kräftige Ungar war mit seiner Unterkunft sehr unzufrieden und schlief untertags oft in der Koje seiner Frau oder der Kinder.

Tom hatte mir eine Stelle auf dem Schiff angegeben, wo ich ihn zu bestimmten Zeiten treffen konnte. Bedenkt man, daß ein Ozeanriese mit den vielen Gängen, Treppen und Räumen für eine Uneingeweihte sehr unübersichtlich ist und daß sich etwa 4000 Menschen an Bord befanden und das Treiben auf dem Schiff hin und herflutete, dann wird man verstehen, daß es schwer war, eine bestimmte Person ausfindig zu machen.

Die Ungarenfamilie machte einen sehr zerfahrenen Eindruck. Sie war aus Singapur ausgewiesen worden, wo sie eine Tanzbar unterhalten hatte, und sollte in die Heimat entlassen werden, wogegen der Mann sich heftig sträubte. Er beabsichtigte, sich in England niederzulassen, um dort ein Kabarett zu eröffnen. Während der Mann keinerlei moralische Hemmungen zeigte und nur Sensationen und Geldverdienen im Kopf hatte, war seine Frau ganz anders. Sie hatte das Bedürfnis, ihr durch das unstete Leben belastete Herz einmal richtig auszuschütten. Die Gespräche mit ihr gaben mir Einblicke in die tragische Lebensgeschichte einer sehr unglücklichen Frau, die sich auf der Bühne in grellen Flitterkleidern als Tänzerin zeigen mußte, hinter den Kulissen aber den Launen eines geldgierigen Mannes ausgeliefert war. Mehrmals schon hatte sie daran gedacht, sich und ihren Kindern das Leben zu nehmen, um wenigstens diese unschuldigen Geschöpfe vor einer zweifelhaften und unglücklichen Zukunft zu bewahren.

Als ich sie während eines Gespräches über die religiöse Erziehung der Kinder befragte, erwiderte sie bitter: „Ich bin zwar katholisch, aber Sie werden verstehen, daß sich Religion mit unserem Nachtleben schlecht verträgt. Die Kinder haben nie die Möglichkeit gehabt, eine Schule zu besuchen. Sie mußten schon mit fünf Jahren tanzen lernen. Tagsüber wird bei uns hart trainiert und nachts muß Geld verdient werden."

Als ich eines Morgens mit den Kindern, in deren Gesichtern bereits die Spuren des Nachtlebens sichtbar waren, an der Reling entlangschlenderte, kam Father Phelen, ein Armeegeistlicher, auf uns zu. Mit einem Blick auf die Kleinen sagte ich zu ihm: „Ach, Father, es gibt so viele bittere und schwere Schicksale auf diesem Schiff. Fast möchte man den Tod nicht so tragisch finden wie diese Fahrt in eine dunkle Zukunft."

In seiner unbeschwerten Art versuchte der Geistliche, mich von meinen trüben Gedanken abzulenken und meine Angst um die Kinder zu verscheuchen: „Der Vater im Himmel weiß um die Kinder, haben sie doch ein so besorgtes Pflegemütterchen gefunden!" Ja, die Kinder hatte ich gern. Ich schleppte sie oft an Deck in die frische Seeluft, die ihnen sichtlich guttat. Der Vater aber war und blieb mir unheimlich.

Eines Tages, als wir Colombo hinter uns gelassen hatten, sprach er mich an: „Ich wollte Sie schon lange etwas fragen. Wie ich gehört habe, kommen Sie aus Indonesien. Es ist Ihnen sicher bekannt, daß die Engländer die Passagiere aus dem Fernen Osten streng nach Devisen untersuchen. Ich möchte mein Bargeld rechtzeitig gegen Gold und Schmuckwaren eintauschen. Haben Sie vielleicht Wertsachen bei sich, die Sie umsetzen möchten?"

In diesem Augenblick fuhr es mir heiß und kalt durch die Glieder. Hatte der Mann vielleicht in meinem Gepäck herumspioniert und den goldenen Gürtel gefunden? Oder ahnte er, daß ich Kleinode bei mir trug? Hatten seine scharfen Augen gesehen daß ich ab und zu besorgt nach dem Säckchen fühlte, das ich unter den Kleidern versteckt hatte? Da in diesem Augenblick der Ungar von einem Bekannten angesprochen wurde, entschuldigte ich mich und eilte schnell in meine Kabine, die ich vorsorglich hinter mir abriegelte. Zu meinem Schrecken stellte ich fest, daß sich das Säckchen durch die Hitze gelöst hatte, aber sonst war noch alles im Koffer.

Es war für mich nicht einfach, dem zudringlichen Menschen auszuweichen. Immer wieder versuchte er, sich an mich heranzumachen. So sagte er ein anderes Mal: „Sagen Sie mal, Sie versorgen doch die Kapelle und die kostbaren Gefäße. Ich würde gern mit dem Geistlichen darüber reden, denn diese Herren haben eine feine Nase für Gold und Edelsteine." Entrüstet verbat ich mir ein für allemal jede Zudringlichkeit.

Als ich Father Phelen von dem Gespräch und meinen Befürchtungen erzählte, meinte er schmunzelnd: „Lassen Sie nur! Sicher, Vorsicht ist sehr angebracht. Dem Mann aber können Sie sagen, daß ihm mein Meßkelch aus Silber mit dünner Innenvergoldung kein Glück bringen würde."

Mit der Einfahrt ins Rote Meer stieg die Temperatur bis ins Unerträgliche. Eines Mittags unterbrach plötzlich Totenstille das laute Treiben an Bord. Tom zog mich an die Reling, und ich konnte beobachten, wie unter uns ein Sarg vorsichtig ins Meer hinabgelassen wurde. Die Maschinen setzten für Augenblicke aus, und die Schiffsbesatzung salutierte. „Hitzschlag!" sagte Tom und schaute sinnend in die Fluten.

Sehnsüchtig starrten wir zum Himmel, doch kein Wölkchen zeigte sich. Erst als der Suezkanal in Sicht kam, änderte sich das Klima. Vor nicht ganz fünfzehn Jahren hatte ich die Stadt Suez schon einmal passiert. Damals hatte ich die Küstenlandschaft zu beiden Seiten des Kanals in jugendlichem Überschwang bewundert. Welch ein grauenvolles Bild bot sich heute! Rechts und links starrten uns Drahtverhaue entgegen. Hinter ihnen befanden sich deutsche Kriegsgefangene, eingepferchte, ausgemergelte Soldaten. Wir konnten die Rufe der Hungernden hören, der Väter und Söhne, die vor Heimweh vergingen.

Tom kam in seinem Mitgefühl auf den Gedanken, Kleinigkeiten ins Gefangenenlager hinüberzuwerfen. Wir griffen nach einer Blechbüchse, füllten sie mit harter Schokolade und steckten Zigaretten dazwischen. Dann warf Toms Freund, ein Sportler von hünenhafter Gestalt, die Konservendose mit einem wohlgezielten Schwung über den weißen Ufersand hinaus: Wir konnten beobachten, wie sich eine Menge Soldaten darauf stürzte ...

In Kairo durfte niemand das Schiff verlassen. Selbst den Engländern war es untersagt. Daher ruderten viele feztragende Händler in ihren kleinen Booten an das Schiff heran, um ihre Waren anzupreisen. Aus dem wirren Geschrei der Araber konnte man immer wieder Schimpfworte der Händler hören, die ihre Ware nicht loswurden.

24 Stunden lagen wir im Hafen. Am Abend hatte sich ein ägyptischer Zauberer auf das Schiff geschlichen und lockte durch seine Kunststücke massenhaft Zuschauer an. Als die Steuerbordseite schließlich vollständig menschenleer war, verlagerte sich das Schwergewicht des Schiffes so stark, daß es sich nach Backbord neigte. Das Heulen der Schiffssirene trieb die Passagiere panikartig auseinander. Auch der Zauberer machte sich schleunigst davon, ohne sich um seinen Kram zu kümmern. Die kleine Schlange, seine Hauptattraktion, glitt blitzschnell über Bord ins Wasser.

Je weiter die Fahrt in westlicher Richtung durch das Mittelmeer ging, um so kälter wurde es. Ende November setzten Sturm und Regen ein. Die hl. Messe mußte an mehreren Tagen ausfallen. Durch das traurige Wetter sank auch die Stimmung der Passagiere auf unserem Schiff immer tiefer. Die Mehrzahl hing ihren schwermütigen Gedanken nach. Bald würden wir alle heimatlos in dem verwüsteten Land sein, wo Not und Elend herrschten. Da und dort saßen in geschützten Ecken müde Gestalten, während andere, halb vermummt, gleichgültig aneinander vorbeigingen.

Im Altantischen Ozean wurde dichter Nebel gemeldet. Er sollte, wie am schwarzen Brett zu lesen war, die ganze Küste Spaniens und Portugals umlagern. Vor uns fuhr ein Schiff, das ebenfalls Menschen aus dem Osten in die Heimat beförderte. Die beiden Schiffe verständigten sich untereinander mit Nebelsignalen. Das Heulen dieser Nebelhörner hat etwas Beklemmendes an sich. Ich hielt es in der Kabine nicht mehr aus. Warm eingepackt stand ich oben an Bord und starrte gedankenverloren in die undurchdringlichen Schwaden. In meinem Innern tauchten plötzlich so viele Fragen auf, ja ich wurde mir selbst zur Frage.

Plötzlich drang eine Stimme an mein Ohr. Tom mußte irgendwie geahnt haben, was in mir vorging. „Mut Tony! Warum sich das Herz so schwer machen? Auch hinter der dichtesten Nebelwand steht Gott, und auch in Ihrer Heimat ist er bei Ihnen. Vielleicht warten gerade da viele Menschen auf Sie. Warum sollte Ihnen nicht eine neue schönere Zukunft beschieden sein?" Ich versuchte mich aufzuraffen. Tom fuhr fort: „Bald nähern wir uns der Küste Portugals. Über die Berge und Hügel hinweg werden wir Unsere Liebe Frau von Fatima grüßen. Father Phelen will mit uns in aller Frühe den Rosenkranz beten.

Ich bete mit und Sie auch, Tony. Es wird sicher alles noch gut werden."

Nach wenigen Stunden näherten wir uns der portugiesischen Küste. Die See war ruhiger geworden. Da machte sich plötzlich eine allgemeine Unruhe bemerkbar. Unser Schiff hatte SOS-Rufe aufgefangen. Das vor uns fahrende Schiff war auf eine Mine gelaufen. Zwar konnte es sich über Wasser halten, doch ein Teil der Passagiere mußte auf die „Athlone Castle" übersiedeln. Zu den Tausenden kamen jetzt nochmals einige Hunderte hinzu. Wie wir später hörten, konnte das Schiff in einen Hafen eingeschleppt werden. Dieser Vorfall rüttelte uns alle auf. Wie schnell kann das Leben der Menschen inmitten des tiefen Meeres ein Spiel mit dem Tod werden. Abermals wollte ich mich in düstere Gedanken verkriechen, aber wieder stand ein Schutzengel neben mir. Father Phelen rief: „Kapitulation?"

In diesem Augenblick brach das Eis in meinem Herzen endgültig. Ich sah dem Priester fest in die Augen und rief mit klarer Stimme, über die ich mich selbst wunderte, zurück: „Niemals! Entschuldigen Sie mir meine Verzagtheit, Hochwürden. Gott wird mir helfen."

Der folgende Morgen bot ein herrliches Schauspiel. Die Nebel waren gewichen. Klar wölbte sich der blaue Himmel über dem Meer, dessen Wogen von dem morgendlichen Leuchten der ersten Sonnenstrahlen wie Silber erglänzten. Das Land kam in Sicht. „Portugal! Portugal!" Wie ein vielfaches Echo lief der Ruf von Mund zu Mund und weckte die letzten Passagiere aus ihren schweren Träumen. „Fatima! Gesegnete Erde!" rief Father Phelen jubelnd.

Dieses Fatima hat 1917 die ganze Welt aufhorchen lassen. War nicht Fatima der Name von Mohammeds Lieblingstochter, die bekannte, daß Maria über alle Frauen erhaben sei? Hatte die liebe Mutter, die wir so oft angerufen, nicht auch jetzt wieder Freude an unserem Beten des Rosenkranzes und an unseren Gedanken, die zu jenen Menschen gingen, die noch immer im Geist Mohammeds verharrten und dem Ruf Christi noch nicht gefolgt waren? In diesem Augenblick fühlte ich mich wieder als ihre Missionarin und ihre Botin, die bald einen seltsamen Auftrag erfüllen sollte.

## Ein folgenschwerer Irrtum

Die Fahrt von der Küste Portugals nach England verlief verhältnismäßig ruhig. Auf englischem Boden erfuhr ich gleich beim Einlaufen in den Hafen, daß Father Low vorsorglich einen Freund angestellt hatte, der sich um mich kümmern sollte. Er muß sehr genau über mein Aussehen unterrichtet worden sein, denn kaum hatte ich das Schiff verlassen, da trat Francis auf mich zu und begrüßte mich wie einen alten Bekannten.

In seiner Familie empfand ich nach langer Zeit wieder, wie das liebevolle gegenseitige Verstehen einem fremden Menschen ein Zuhause schaffen kann. So wurde der Abschied von meinen Freunden, Father Phelen und Tom, die ich beide in dankbarer Erinnerung behalten werde, leichter.

In London händigte Francis mir die erste Post aus der Heimat aus. Infolge der politischen Wirren hatte ich von meinen Angehörigen lange Zeit keine Nachricht erhalten. Meine Mutter hatte in ihrem letzten Brief aus dem Jahre 1940 geschrieben: „Wenn du wieder zu Hause bist, wird alles anders sein. Wir werden noch viele schöne Jahre zusammen verleben. Die lange Trennung hat uns näher gebracht. Ich kann gar nicht sagen, wie sehr ich mich auf den Tag des Wiedersehens freue."

Eine spätere Nachricht meines Bruders hatte allerdings befürchten lassen, daß ein Wiedersehen kaum möglich sein werde, wenn sich meine Heimreise noch lange hinauszögere. Was ich seitdem befürchtet hatte, war jetzt traurige Gewißheit geworden. Aus dem ersten Brief, den ich öffnete, erfuhr ich, daß meine Mutter 1941 gestorben war und an der Seite meines Vaters begraben lag. Was bedeutete jetzt noch das Wort „Heimat" für mich? Das Herz der Familie hatte aufgehört zu schlagen. Ich fühlte mich verlassen und einsam …

Gott aber sandte einen neuen Boten seiner Liebe. Es gesellte sich ein Pater zu uns, der ebenfalls aus Indonesien kam. Pater G. gehörte der „Gesellschaft des Göttlichen Wortes" an. Er war mit Leib und Seele Missionar und stets voller Hilfsbereitschaft. In seinem unverwüstlichen Humor verstand er es, manch dunkle Wolke von der Stirn seiner Mitmenschen zu verjagen.

Nach Wochen langen Wartens brachte uns ein Wagen nach Harwich. Kurz vor der Abfahrt stieß ein zweiter Wagen zu uns. In ihm saßen nur Männer in ärmlicher Kleidung. Alle machten einen müden und gleichgültigen Eindruck. Die Fahrt ging weiter nach Hoek van Holland, von dort aus nach Osnarbrück. Unser Ziel war ein Lager, aus dem wir in die Freiheit entlassen werden sollten.

Im Lager fanden wir menschenunwürdige Verhältnisse vor. Die Aufsichtsbeamten hatten sich einen scharfen und drohenden Ton angewöhnt. Die Lebensmittelrationen waren so gering bemessen, daß sie kaum ausreichten, um richtig satt zu werden. Über solche Zustände in einem Lager, das die letzte Station auf dem Weg in die Freiheit sein sollte, schüttelte sogar Pater G. trotz seines Humors den Kopf: „Wo werden wir noch landen? Es sieht beinahe so aus, als ginge es mit uns wieder in den Kerker!"

Vorläufig standen wir vor tausend Rätseln. Und das Rätselraten steigerte sich noch mehr, als eines Tages die Nazis, die bis dahin unter Polizeiaufsicht gestanden hatten, freigelassen und auf die Weiterreise geschickt wurden, während wir, die wir in England förmlich als „Anti-Nazi" gegolten hatten, plötzlich wie politische Gefangene auf Busse verladen wurden, deren Türen mit Stacheldraht gesichert waren. Gerade jetzt, da wir der Freiheit so nahe waren, bereitete der Stacheldraht eine unvorstellbare Qual.

In mir bäumte sich alles gegen eine solche Ungerechtigkeit auf. Unsere Empörung ging beinahe in Verzweiflung über, als uns die Busse abseits der Hansestadt in einer völlig unbekannten Gegend absetzten. Wir erblickten endlos lange Baracken mit hohem Drahtverhau, dahinter zu Skeletten abgemagerte Gestalten. Unsere Habseligkeiten mußten wir auf einem Haufen zusammenwerfen. Schroffe Kommandos ertönten. Es half gar nichts, daß manche Leidensgefährten ihre Fäuste ballten und wilde Flüche zwischen den Zähnen hervorpreßten. „Neuen-Gamme" hieß das Lager. Das besagte alles ...

Hin und wieder schlich ich mich zu Pater G., um bei ihm Trost zu suchen. Welchen Trost sollte er geben? Auch er hatte keine Ahnung, was dies alles bedeuten sollte.

Kurz entschlossen ging ich zum Büro des Majors, um mir Klarheit zu verschaffen. Der diensthabende Soldat versuchte, mir den Eintritt zu verweigern, gab aber letztendlich meinem Drängen nach und ließ mich passieren. Ich bat den Major empört um Aufklärung. Als echter Engländer ließ er meinen Wortschwall gelassen über sich ergehen und sagte schließlich in beruhigendem Ton: „Mir kommt es ebenfalls sehr merkwürdig vor. Jedenfalls machen die Menschen Ihrer Gruppe nicht den Eindruck, daß sie irgendwie verdächtig sind. Auch der Priester scheint mir hier fehl am Platz zu sein. Es bleibt vorläufig nichts anderes übrig, als abzuwarten, bis sich alles geklärt hat."

Somit blieb unsere Lage nach wie vor hoffnungslos. Wir standen weiterhin in langen Reihen an, um in schäbigen Bechern eine dünne Suppe ausgehändigt zu bekommen. Brot gab es nur selten. Was wir aus England an Eßwaren mitgebracht hatten, wurde in Sonderbaracken aufbewahrt und streng bewacht.

Unser Lager grenzte an ein weiteres, das die Engländer für Kriminelle eingerichtet hatten. Von Zeit zu Zeit versuchten einige Häftlinge in die Nähe der Umzäunung zu kommen und uns geheime Zeichen zu geben. Ihre abgemagerten Finger wiesen auf den Mund. Von meinen Erlebnissen in den verschiedenen Gefängnissen wußte ich, daß eine Zigarette für die Gefangenen höchste Seligkeit bedeutete. Da sich in meinen Kleidern noch etwas Rauchbares fand, steckte ich, wo es ohne Gefahr möglich war, einige Zigaretten durch die Maschen des Stacheldrahtes. Sie griffen gierig danach und bedankten sich mit einem scheuen Lächeln.

Die Begegnung mit den Sträflingen, die so schwer leiden mußten, lenkten mich etwas von meinen eigenen Sorgen ab aber ich fühlte immer stärker, daß ich langsam mit den Nerven am Ende war. Immer intensiver beschäftigte mich die Frage, wie ich die kostbare Kette aus dieser Hölle retten könnte. So sehr ich auch darüber nachdachte, ich wußte mir keinen Rat.

In diese finstere Zeit fiel plötzlich ein Sonnenstrahl, der unsere letzten Kräfte wieder von neuem belebte. Unaufhörlich hatte ich mit Pater G. um die Erlaubnis gebettelt, im Lager einen Notaltar aufstellen zu dürfen. Jetzt endlich wurde diese Bitte erfüllt. Nun hatten wir den eucharistischen Gott in unserer Mitte. Der primitive Altar machte uns zwar einigen Kummer, aber wir ließen uns von Pater G. trösten: „In Bethlehem war es noch viel ärmlicher und primitiver, und doch fanden die drei Könige dort ihr großes Glück. Beten wir, vielleicht finden wir auch noch unser Glück trotz aller Irrwege."

Eines Morgens wurden wir gleich nach der hl. Messe in die Sonderbaracke bestellt. Hier lagen haufenweise Kisten und Koffer übereinander getürmt. Unter der Aufsicht englischer Zollbeamten aus Hamburg begann ein aufgeregtes Suchen nach den Schlüsseln. Dann wurden die Koffer und Kisten geöffnet. Die Kontrolleure standen gegenüber und beobachteten jede unserer Bewegungen. Als ich an die Reihe kam, brüllte mich einer von ihnen auf Englisch an: „Dort der große grüne Überseekoffer interessiert uns. Öffnen Sie!" Klopfenden Herzens öffnete ich den schweren Koffer, der schon so viel erlebt hatte, seitdem Bernadette und ich ihn sorgfältig für den Schmuck und die sonstigen Kostbarkeiten präpariert hatten. Jetzt barg er keine Wertgegenstände mehr.

Mit beiden Händen wühlten die Kontrolleure in den Sachen herum und warfen den ganzen Inhalt auf den Boden. Da sie keine Waffen fanden, ließen sie alles liegen und untersuchten die anderen Koffer. Kaum hatten wir erleichtert aufgeatmet, als neue Fahnder auftauchten. Diesmal waren es deutsche Zollbeamte. Sie suchten nach Waren, die Hamburg angeblich nur verzollt verlassen durften. Der Blick in meine Koffer verschlug ihnen die Sprache. Sie sahen Dinge, die sie schon eine Ewigkeit nicht mehr in den Händen gehalten hatten, ja, zum Teil nicht einmal dem Namen nach kannten: Zigaretten, Schokolade, Tee, Kaffee, Seife, Leder, Stoffe und Kleider aus Singapur. Ich bemerkte die gierigen Augen dieser ausgemergelten Männer und erkannte blitzschnell meine Chance. In malaiischer Sprache rief ich einigen Mitgefangenen zu: „Geben wir den armen Teufeln etwas von diesen Sachen ab, dann werden sie vielleicht mit dem Schnüffeln Schluß machen."

Gesagt, getan! Die Zollbeamten stopften sich die Taschen voll und bedankten sich vielmals. Und so konnten wir alles Übrige wieder einpacken. Doch unsere Ruhe hatten wir noch immer nicht. Schon dröhnte ein neuer Befehl durch die Baracken: Leibesvisitation. In meiner Angst um die Sternperlenkette riß ich mir das Beutelchen schnell vom Hals und tauchte es in eine herumstehende Tasse mit Tee, den ich aus gespielten Versehen verschüttete. Es färbte sich innerhalb kürzester Zeit ganz braun.

Als wir an der Wohnbaracke vorbeikamen, gelang es mir, für einen Augenblick an meine Pritsche zu kommen. Mit zitternden Händen, steckte ich das Beutelchen mit der kostbaren Kette unter das Stroh. Ein Glück, daß ich in dieser Zeit häufig Nasenbluten hatte. So trat ich mit einem blutigen Taschentuch wieder aus der Baracke, ohne dabei großes Aufsehen erregt zu haben. Der wachhabende Posten mußte annehmen, daß ich nur ein Taschentuch geholt hatte.

Bei der angekündigten Untersuchung mußten wir die Arme hochhalten. Es folgte eine sehr gründliche Untersuchung, wie ich sie noch nie erlebt hatte. Es war mir äußerst peinlich. Nicht einmal die Haare der Frauen und Mädchen blieben dabei verschont. Ich flehte stumm zum hl. Bruder Konrad. Er mußte über die Kette wachen, die für Altötting bestimmt war. Meine Sorge war berechtigt, denn während der zweistündigen Leibeskontrolle untersuchte ein anderer Trupp unser Quartier nach Wertgegenständen. Es mußte schon ein Wunder geschehen, wenn die Kette nicht entdeckt werden sollte. Und sie wurde nicht gefunden! Als ich in die Wohnbaracke zurückkam und unauffällig im Stroh meines Lagers nachfühlte, lag die Kette noch immer an ihrem Platz.

Die Mitgefangenen stöhnten und fluchten: „Sehen Sie sich diese Verheerung an! Die Koffer sind aufgerissen, die Taschen an den Kleidern aufgeschnitten, die Pritschen durchwühlt. Solch ein Vandalismus!"

Ich holte heimlich das braune Beutelchen hervor und betrachtete es teils dankbar, teils besorgt. Würde ich die Kette je der Gnadenmutter zu Füßen legen können? Für einen Augenblick wurde ich ohnmächtig. Als ich wieder zu mir kam, hörte ich ein lautes Poltern und Rufen. Ein Engländer stürzte in die Baracke und schrie immer wieder meinen Namen. Ich wurde zum Kommandanten bestellt. Schnell umwickelte ich den kostbaren Schatz mit meinem blutigen Taschentuch und lief hinaus.

Im warmen Büro des Kommandeurs wurde ich freundlich empfangen. Er bot mir einen Stuhl an, und als er mein schmutziges Taschentuch bemerkte, drückte er mir ein Paket Papiertaschentücher in die Hand, und bat mich, mein eigenes Taschentuch in den Papierkorb zu werfen. Ich nahm das Paket dankend an, riß es auf und nahm ein Taschentuch heraus, das ich um meinen Schatz wickelte, ohne den Engländer aus den Augen zu lassen. Wenn er gewußt hätte ...

Er setzte sich in Positur und räusperte sich verlegen. Der nüchterne Raum war mit Spannung geladen. Nach Minuten unerträglicher Stille sagte er leise: „It was a mistake! – Es war ein Mißverständnis! Wir haben die falsche Gruppe in dieses Lager gebracht, während die Nazianhänger freigelassen wurden." Ich starrte ihn wortlos an und hätte vor innerer Wut weinen mögen, aber die Kette in meiner Hand mahnte zur Vorsicht. So kam nur ein einziger Satz über meine Lippen: „Das ist bitter, Sir!" Dann sank ich zusammen. Ein siedendheißes Gefühl strömte in mir hoch. Der Kopf drohte zu zerspringen, und der ganze Raum schien sich zu drehen. Ich stand kurz vor einem Kreislaufkollaps.

Der Major sprang auf und ließ ein beruhigendes Getränk holen, das ich in einem Zug hinuntergoß. Wie aus weiter Ferne drang seine Stimme an mein Ohr: „Ja, es ist bitter! Ich verstehe, es ist sehr bitter für Sie gewesen.

Heute habe ich Ihre richtigen Papiere erhalten. Leider wurden in Osnabrück die Akten verwechselt. Nun laufen die Schuldigen frei herum. Wie bringen wir die verd... Kerle nur wieder ins Lager? Könnten Sie, Miss Meyers, uns als Dolmetscher dabei behilflich sein? Sie würden uns einen großen Dienst erweisen, für den Sie natürlich entsprechend belohnt würden." Ich lehnte müde ab. Nur ein Gedanke beherrschte mich: Hinaus! Heim!

Der zähe Engländer gab noch nicht auf: „Wir müssen die schuldige Gruppe wiederbekommen, das müssen Sie doch verstehen. Wie konnte den Leuten in Osnarbrück überhaupt dieser Irrtum passieren! Einfach unbegreiflich!"

Teilnahmslos hörte ich ihn an. Endlich schien er zu spüren, daß ich darauf wartete, gehen zu dürfen. „Wir möchten uns für den Fehler revanchieren. Sie alle werden im Hamburger Rathaus erwartet, um dort Geld und Proviant für die Heimreise in Empfang zu nehmen." – „Yes, Sir!"

Eines aber mußte ich noch loswerden: „Ich habe manchen Engländer als Gentleman kennengelernt und geglaubt, auch in Neuen-Gamme würden sie ihre Feinde ritterlich behandeln. Ich habe mich leider getäuscht. Was hier vorgefallen ist, werden wir nie vergessen können." Der Major zuckte bedauernd die Achseln und verabschiedete sich mit einem Händedruck.

Während ich langsam zur Baracke zurückging, versuchte ich meine Gedanken zu ordnen. Meine Leidensgefährten hatten schon auf mich gewartet. Als sie von der guten Nachricht erfuhren, kannte der Jubel keine Grenzen mehr. Ich mußte alles ganz genau erzählen und endete mit den Worten: „Wir sind frei!"

Wir begannen sofort mit dem Packen. In dieser Nacht schloß sich kein Auge. Das Erzählen nahm kein Ende. Wir kauerten auf unseren Koffern und zählten die Stunden, bis wir endlich diesen entsetzlichen Stacheldraht hinter uns lassen konnten.

Stunden später standen wir mit Sack und Pack vor dem Rathaus in Hamburg. Auch hier hatte der Krieg allenorts seine Spuren hinterlassen. Mit teils verwunderten, teils mißtrauischen Blicken sahen uns die Beamten an, als wollten sie sagen: Wo kommen die denn her mit all dem vielen Gepäck? Was wollen sie von uns? Sollen wir sie vielleicht auch noch mit durchfüttern?

Ganz zum Schluß folgte der Abschied von den Menschen, die in all der Zeit Freud und Leid mit mir geteilt hatten. Wir reichten uns ein letztes Mal die Hand. Jeder ging nun seinen eigenen Weg ...

Die Bahnhöfe waren überfüllt, die Waggons sahen schrecklich aus. Ich verschob die Abreise um einige Tage, denn im Augenblick war nicht daran zu denken, mit den Koffern einen Platz im Zug zu finden. Da es überhaupt keine Hotelunterkünfte gab, mußte ich die erste Nacht in einer Ruine verbringen. Für die zweite Nacht fand ich in einem Bunker Unterschlupf. Um eventuelle Verluste auszugleichen, versicherte ich mein Reisegepäck sehr hoch. Ich nahm jedoch soviel ich tragen konnte mit in den Zug, um bei meiner Ankunft in Saarbrücken zumindest das Notwendigste bei mir zu haben.

Langsam setzte sich der Zug nach Köln in Bewegung. Auf dem Hauptbahnhof erhielten wir eine warme Suppe, die vom Roten Kreuz ausgegeben wurde. Da die Weiterfahrt erst am nächsten Tag möglich war, mußte ich mich nach einem Nachtquartier umsehen. Ich irrte durch das zerbombte Köln, das einst zu den schönsten Metropolen am Rhein zählte. Die Straßen waren aufgerissen und auf große Strecken von Trümmern blockiert. Nach Stunden vergeblichen Suchens entschloß ich mich, zum Bahnhof zurückzugehen. Dort bot mir eine liebenswürdige Dame vom Roten Kreuz ihr Feldbett an.

Auch in Köln versuchten die Amerikaner, mich als Dolmetscherin anzustellen, und boten mir als Gegenleistung freie Wohnung, gute Kost und ein hohes Gehalt an. Ich lehnte dankend ab. Trotzdem schenkten sie mir Zigaretten, Schokolade und Gebäck, soviel ich wollte.

Die Fahrt schien kein Ende zu nehmen. Für die letzte Strecke zwischen Köln und Saarbrücken benötigte der Zug abermals einen weiteren Tag und eine Nacht. Es war wie überall bei solchen Fahrten: ein schreckliches Gedränge und Geschimpfe. Die Menschen hingen wie Trauben an den Trittbrettern des Zuges oder kletterten auf die Dächer der Waggons, um einfach nur weiterzukommen.

Endlich erreichten wir Neunkirchen – meine Heimat. Mein Bruder Werner holte mich ab. Es war ein erschütterndes Wiedersehen. In meinen Träumen hatte ich es mir immer ganz anders vorgestellt: in den Armen der lieben Mutter, im Kreise der Verwandten, in Frohsinn und Geborgenheit ...

Der grausame Krieg hatte Land und Menschen verändert. Die Vergangenheit hinterließ deutlich ihre Spuren – auch bei meinem Bruder. Was war nur aus meiner lieben

Heimat geworden, überall nur Elend, Hunger, Entbehrung und Armut.

Ich dachte an meine Koffer, die reichlich mit Geschenken gefüllt waren. Sie mußten in den nächsten Tagen eintreffen. Es war doch ein kleiner Trost. Aber bald schon kam die große Enttäuschung. Was hilft in diesen Zeiten eine hohe Versicherung? Was nützen Bandeisen und Stricke? Was hilft das beste Schloß? Alle Koffer waren an den Scharnieren aufgebrochen und ausgeplündert worden.

Alles Grübeln und Klagen war zwecklos. Es gab nur eine Lösung: Ich mußte mich in die Arbeit stürzen, um über die Vergangenheit hinwegzukommen. Wir hatten alle Hände voll zu tun, so daß ich kaum zum Nachdenken kam. Ein Gedanke ließ mich jedoch niemals los: Wann kommt endlich die Stunde, in der ich die Sternperlenkette der Gnadenmutter von Altötting übergeben kann?

## Das Gelübde wird erfüllt

In dieser Zeit meines Aufenthaltes in der Heimat schrieb ich viele Briefe nach Altötting. Der Erbauer der herrlichen Basilika, Pater Anton Kessler, drängte immer stärker darauf, die Sternperlenkette kennenzulernen. Allerdings wußte auch er von der vielen Arbeit in dieser Nachkriegszeit. Im Sommer 1947 war ich bereits zur Reise entschlossen, als ein letzter Brief aus Altötting eintraf. Darin schrieb der anscheinend von einer Vorahnung beunruhigter Pater, er wolle für das Gelingen der Reise alle Engel und Heiligen als Schutz auf mich herabrufen.

War das massive Drängen des verdienten Kapuzinerpaters im St. Annakloster zu Altötting damit zu erklären, daß er vielleicht seinen Tod voraussahnte? Er sollte tatsächlich noch im gleichen Jahr zum himmlischen Vater heimgeholt werden. Mit Hoffen und Bangen fuhr ich in den ersten Tagen des Septembers von meinem Heimatort ab.

Mein nächstes Ziel war Konnersreuth. Auf Wunsch des Bischofs von Djakarta hatte ich dort einen Auftrag zu erfüllen. In ihrer resoluten und doch liebenswürdig überzeugenden Art hielt mich Therese Neumann fünf Tage lang fest, obwohl mein Terminkalender eine Reihe von Vorträgen vorsah, die ich in der nächsten Zeit zu halten hatte. Beim Abschied bat sie mich, in München den betagten Kardinal Faulhaber aufzusuchen. Von ihm sollte ich den Segen für das Geschenk an die „Schwarze Madonna" erbitten. Es war schon bemerkenswert, zuzuhören, wie herzlich die „Resl" von dem hohen Kirchenfürsten sprach und ihn als „besten Vater" bezeichnete.

Es war nicht leicht, zum Kardinal vorgelassen zu werden, aber der Kampf um die Audienz lohnte sich. Die mitfühlende Sorge des hohen Würdenträgers war überraschend und ergreifend. Ein Lächeln verschönte seine Züge, als er die Sternperlenkette durch seine Finger gleiten ließ. Er drückte sein aufrichtiges Bedauern aus, der Gnadenmutter von Bayern dieses Geschenk nicht selbst überreichen zu können.

Plötzlich erhob er sich und ging ins Nebenzimmer. Als er wieder zurückkam, hielt er ein Foto in seinen Händen. Er zeigte mir das Bild und sagte ergriffen: „Sehen Sie hier, wie ich auch einmal eine große Freude erlebt habe. Zum erstenmal nach den Jahren des grauenvollen Krieges durfte ich den Heiland wieder durch die Straßen unserer bayerischen Hauptstadt tragen. Der Festzug dauerte fast vier Stunden und ging an zerbombten Häusern vorbei. So war Christus wieder mitten unter den Seinen, nachdem es ihm lange verwehrt war. Gott allein weiß, mit welchen Gefühlen ich den eucharistischen Herrn durch die Straßen getragen habe. Er hat meine Tränen gesehen. Ich habe mich ihrer nicht geschämt, denn sie kamen aus frohem, dankbarem Herzen. Dieses Foto mit meinem Namenszug schenke ich Ihnen zur Erinnerung an diesen Tag."

Dieses Geschenk bedeutete mir sehr viel und nahm noch mehr an ideellem Wert zu, als der Herr über Leben und Tod den großen Kardinal in die Ewigkeit abberufen hatte. Als ich am 11. September von München abfuhr, war mein Herz von einer stillen Vorfreude auf meine kommende Mission erfüllt.

In Altötting ging ich gleich zu Pater Anton Kessler. Überglücklich rief er: „Diese Freude! Ach, so lange brauchte es, bis der Gruß und die Bitte Indonesiens nach Bayern kamen. Lange hatte ich gewartet. Und wären sie einen Monat später gekommen, hätte ich dieses Glück vielleicht nicht mehr erleben können."

Erschrocken sah ich den Pater an. „Hochwürden, warum reden Sie so merkwürdige Dinge?" Ich versuchte ihm zu erklären, weshalb es so lange gedauert hatte. Er ließ mich gar nicht ausreden, sondern griff ungeduldig nach meiner Hand und sagte: „Kommen Sie! Wir wollen gleich zum Administrator des Heiligtums gehen. Ich habe zwar schon alles vorbereitet, aber ich möchte trotzdem die

*Die Gnadenkapelle in Altötting*

morgige Feier noch einmal mit Ihnen besprechen. Wird das ein Tag des Jubels und der Freude werden!"

Nachdem wir mit Monsignore Eisenreich, der das Heiligtum der Gottesmutter verwaltete, den Ablauf der Feierlichkeiten zur Übergabe der Kette besprochen hatten, nahm mich das gastliche Kreszentiaheim auf. In der Stille dieses Klosters bereitete ich mich auf den Vormittag des 12. Septembers vor. Es traf sich gut, daß die Kirche an diesem Tag das Namensfest der himmlischen Herrin feiert.

*Monsignore Eisenreich und Pater Anton Kessler mit der Überbringerin der Kette, Antonia Meyers vor der Gnadenkapelle in Altötting*

Der Administrator hatte eine besinnliche Andacht zusammengestellt, die mit dem feierlichen Einzug in die Gnadenkapelle begann. Da an diesem Tag zahlreiche Pilger von nah und fern nach Altötting gekommen waren, gestaltete sich der Einzug zu einer großen Prozession. Es war immer mein heimlicher Wunsch gewesen, der Gnadenmutter die Kette persönlich umzulegen, doch diesen feierlichen Akt hatte sich Monsignore Eisenreich vorbehalten. Ich konnte es ihm nicht übelnehmen.

Da geschah etwas seltsames: Trotz mehreren Versuchen gelang es ihm nicht, die Kette zu schließen. So rief er mich hinzu. Überglücklich trat ich an das Gnadenbild heran, nahm zum letzten Mal die mir liebgewordene Kette in die Hand, legte sie behutsam um den Hals der Statue und schloß die Kette. „Amen!" Das Gelübde war erfüllt ... Während die Pilger in der überfüllten Kapelle und draußen auf dem Vorplatz das Lied „Meerstern ich dich grüße" anstimmten, sank ich in die Knie, um für alles zu danken.

Als die letzte Strophe verklungen war, sprach ich langsam und deutlich das Weihegebet der Übergabe: Mutter Gottes und Jungfrau, Gnadenmutter von Altötting! Du hast hier deinen Thron aufgeschlagen und verteilst deine Gaben und Hulderweise freigebig an alle, die ihre Angst und Not zu dir tragen. In der ungeheuren Not, in der sich die Heidenmission in den Ländern, in denen ich als Missionsschwester arbeiten durfte, befindet, fliehe ich zu dir und stelle zugleich im Namen des Missionsbischofs Pater Willekens S.J., des Apostolischen Vikars von Batavia, diese Mission voll Vertrauen unter deinen mütterlichen Schutz, nämlich die acht Inseln und Inselgruppen Sumatra, Java, Borneo, Celebes, Neuguinea, Ternate-Halmahera-Amboina, die Ceram-Gruppe und die Sunda-Inseln.

Erflehe, o Gnadenmutter, als besondere Gnade, daß der katholische Glaube und deine Verehrung in diesem Inselreich nie erlösche! Erbitte den Christen Festigkeit im Glauben und die nötige Zahl von Missionspriestern und Missionsschwestern.

Zur Bekräftigung dieser Bitte nimm diese goldene Kette mit acht Blumen, dem Sinnbild der acht Inselgruppen, als Zeichen der Liebe und des Vertrauens entgegen. Im Namen des Vaters und des Sohnes und des Heiligen Geistes. Amen."

Es war Mittag, die Stunde, in der überall in katholischen Gegenden der Gruß des Engels an Maria gesprochen wird. Die Königin des Himmels und der Erde wird sich in dieser Stunde, so hoffe ich, voll Vertrauen mit ihrem Kind segnend über Insulinde geneigt haben, damit sich die Frohbotschaft auf den acht Inselgruppen schneller als bisher ausbreite.

Eine Kopie der kirchlichen Urkunde bewahre ich als teures Andenken auf. Dieses Dokument, das ich aus der fernen Südsee mit nach Europa gebracht hatte, lautet: „Der Unterzeichnete, Petrus J. Willekens S.J., Apostolischer Vikar von Djakarta, vormals Batavia, Hauptstadt des ehemaligen Niederländisch Ostindien und Sitz des ersten Apostolischen Vikars in diesem Gebiet, hat die Kette zur Ehre der Mutter Gottes von Altötting rechtlich übernommen und durch einen besonderen Segen sie bereits der Mutter Gottes als Weihegeschenk gewidmet."

*Batavia, 2. Juni 1944*
*Willekens S. J.*
*Vic. Apost. de Batavia*

## Die Hilfe des hl. Bruder Konrad und die Kette der Madonna

(Nachtrag)

Aus großer Dankbarkeit und zu seiner Ehre soll hier Bruder Konrads Hilfe gegenüber dem Ursulinenkloster in Batavia, jetzt Djakarta, auf der Insel Java, zusammen mit der Hilfe der Gnadenmutter von Altötting, deren treuer Diener er war, berichtet werden.

Als Patron der Weltmissionen hat der große Sohn Bayerns auf wunderbare Weise das Missionskloster vor Raub und Plünderung in größter Not gerettet. Deshalb hat Bruder Konrad eine besondere Ehrung in diesem Buch verdient.

Als er noch auf Erden lebte, galt seine Mühe und Liebe nicht dem Irdischen, seine Sorge und ganze Hingabe war immer der Gnadenmutter von Altötting dankbar zu Füßen gelegt. Er empfahl ihr auch alle, die ihn um Hilfe anflehten. Er betrachtete Maria als die Austeilerin aller Gnaden, wenn er sich in der Gnadenkapelle in stummer Zwiesprache an seine himmlische Mutter wandte.

Sollte er nicht heute, nachdem er in die Schar der Heiligen aufgenommen ist, seine Treue erneut unter Beweis stellen? So habe auch ich ihm von ganzem Herzen für die überaus große Treue zu danken, den gewaltigen Schutz in den unheilvollen Zeiten des Japan-Krieges 1942 bis 1945, die verhängnisvolle Heimreise nach Europa, und letztendlich die Erfüllung meines Gelübdes zur Gnadenmutter Altöttings im September 1947.

Dazu verpflichtet auch die Rückblende zu einer Ordensfrau und geistigen Mutter, die mir bei ihrem Abschied vom Hauptbahnhof Batavias kurz über die Existenz dieses Heiligen berichtete. Dabei nestelte sie aus ihrem Gewand eine Reliquien-Kapsel hervor, reichte sie mir und sagte: „Kind, diesen Schutz übergebe ich Dir, besorge Dir eine Beschreibung dieses großen Helfers. Ungern trenne ich mich von diesem kostbaren Schatz, aber jetzt hast Du diesen Schutz besonders nötig, einerseits zu deinem persönlichen Schutz und andererseits für die Sternperlenkette, die er behüten möge. Darauf vertraue ich felsenfest in dieser schwierigen Kriegszeit.

Der hl. Bruder Konrad beschütze Dich, er möge auch alle unsere Kloster-Insassen schützen, unsere Schwestern und Schülerinnen. Du aber gehst keiner leichten Zukunft entgegen. Vertraue auf ihn. Könnte ich Dir nur mein grenzenloses Vertrauen in diesen Heiligen übertragen. Sei versichert, täglich flehe ich ihn an Dir Beistand zu leisten, bis ich in vier Wochen wieder zurückkomme aus einer unheilvollen Gegend Javas!"

„Teure Mutter, ich versichere Dir, daß ich jetzt mit diesem Heiligen immer mit Dir verbunden bleibe. Ich werde gleich anschließend noch die Kathedrale besuchen, und den Heiland um den Segen für Dich bitten. Gott möge es uns schenken, daß wir uns bald wiedersehen."

Langsam setzte sich der Eilzug in Bewegung, die Reliquie fest in der linken Hand winkte ich der teuren Mutter zu. Meine Augen füllten sich mit Tränen. Durch das geöffnete Fenster rief sie mir ein letztes Mal zu: „Kind, vertraue, bleib stark und mutig! Ich bin Dir betend und opfernd immer nahe." Die weiße Gestalt winkte mir lächelnd zu, bis wir uns aus den Augen verloren.

Schweren Herzens ging ich dem Ausgang entgegen. Meine Schritte führten mich in die Kathedrale. Hier konnte ich in aller Ruhe meinen Gefühlen freien Lauf lassen. Plötzlich klopfte mir jemand auf die Schulter. Ich erkannte das leidende Gesicht unseres Bischofs, der mir andeutete, nach draußen zu kommen. Dort beugte er sich besorgt zu mir und sagte: „Ich ahne Ihren Kummer, die gute Mutter Perpetua ist nach West-Java zur Visitation unterwegs."

Daraufhin zeigte ich ihm die Reliquie, die ich noch immer fest umklammert in der linken Hand hielt. „Oh", sagte er, „der hl. Bruder Konrad, den wir jetzt so dringend nötig haben. Wissen Sie etwas aus seinem Leben?" – „Excellenz, leider nicht. Aber ich hätte gerne eine Lebensbeschreibung von dem großen Helfer." – „O da kann ich helfen, kommen Sie bitte in meine Kanzlei, ich habe sogar eine passende Novene dazu, die unbedingt zu einer so schönen Reliquie gehört. Mutter Perpetua hat gewiß ein Stück ihres Herzens mit dazu gegeben."

Im Büro des Bischofs bekam ich eine kurze Lebensbeschreibung des hl. Pförtners von Altötting. Leider war kein Foto dabei (was mir aber bald von einer Ursulinerin geschenkt wurde). Der Bischof fuhr fort „Und jetzt gebe ich Ihnen einen guten Rat: Haben Sie Vertrauen und Mut! Ich weiß um die Gefahren unserer Missionsarbeit, und die Lage verschlimmert sich mit jedem Tag. Da haben wir einen Helfer wie Bruder Konrad ganz besonders nötig. Es muß dem himmlischen Helfer in den Ohren klingeln, so stark, daß er Erbarmen mit uns hat. Ihr müßt jetzt alle

Tore und Eingänge eures Klosters besonders gut sichern. Wir wissen nie, wann die ‚Kai Bodan' versuchen wird, auf Raub auszugehen. Ihnen ist nichts heilig. Ich freue mich daß die Reliquie bei Ihnen ist und das Kloster schützen wird."

„Excellenz, ich muß immer wieder an Sie denken. Diese Sorge begleitet mich schon viele Tage, und wird immer größer." – „Keine Sorge meine Tochter, überlassen wir den Schutz unserem himmlischen Vater, der geliebten Gottesmutter, und dem hl. Pförtner von Altötting, zu dem ich ein ganz besonderes Vertrauen habe. Alle unsere treuen Katholiken der großen Diözese, Chinesen und Javanen, Sudanesen und alle Eingeborenen lege ich täglich beim hl. Opfer auf die Patene und erflehe ihnen Schutz, Friede und Sicherheit. Glauben Sie mir, gemäß unseres Vertrauens wird auch die Hilfe von oben sein."

Etwas beruhigter ging ich ins Kloster zurück. Meine Gedanken kreisten immer wieder um Mutter Perpetua, die in ein Land reiste, das voller Unruhe und Aufstände war. Hier im Kloster wartete man bereits mit einer schlechten Nachricht auf mich. Die Japaner waren im Anmarsch. Eilig fragte ich nach, ob eine von den Schwestern im Besitz eines Bildes vom hl. Bruder Konrad wäre, das ich noch rasch an dem großen Tor anbringen wollte, bevor der Feind kam. Das herbeigeschaffte Bild stellte den Heiligen in der St. Alexiuskapelle dar. Sein Blick war auf den Tabernakel gerichtet. Dort weilte der gute Heilige in den wenigen Minuten seiner Freizeit. Und jetzt sollte er hier an dem großen Tor angebracht werden, um Schutz und Hilfe zu erflehen.

*Der hl. Bruder Konrad in der St. Alexiuskapelle*

Es war rührend zu sehen, wie eine ältere Schwester mit einen nassen Schwamm herbeikam und sagte: „Weihwasser hat schon viel geholfen. Das ganze Tor soll durchtränkt sein von dem Segenswasser. Sie glauben doch auch an die Segenskraft dieses Wassers, nicht wahr?" – „Selbstverständlich, liebe Schwester! Auch in meiner Familie spielte das Weihwasser eine wichtige Rolle, und kein Kind verließ das Haus ohne Weihwasser benutzt zu haben."

Jetzt bat ich alle, die um das Schutztor standen, zur Sakramentskapelle zurückzugehen, um auf Knien den hl. Klosterpförtner anzuflehen. Unser Bischof hatte mir versichert, daß uns nur so viel geholfen wird, wie wir den „himmlischen Nothelfern" auch unser Vertrauen entgegenbringen. Beim Kapelleneingang knieten bereits einige Schwestern und flüsterten tiefgebeugt ihre Sturmgebete, denn die Gefahren wuchsen mit jeder Minute. Die Feinde kamen immer näher. Unartikulierte Laute wurden hörbar, wie sie besonders den Japanern bzw. den vom indonesischen Volk gedrillten „Kai Bodans – Jugend Asiens" zu eigen waren. Wir ahnten noch nicht, was uns bevorstehen würde.

Ich suchte nach Schwester Alfonsa. Mit ihr wollte ich die nähere Umgebung testen, inwieweit sie unsere Sicherheit durch Gärten und Hecken gewährleisten würde. Diese gute Seele war eine Halbblut-Indonesierin und zeichnete sich besonder durch ihren Mut und ihre Hilfsbereitschaft aus. Als ich ihr von meinen Bedenken erzählte, sagte sie nur: „Kommen Sie, wir wollen furchtlos mit Gottes Hilfe alles in Augenschein nehmen. Die Boys, die sie in den Gärten verteilt haben, sind tüchtig und werden uns jede Gefahr melden."

Im Flüsterton durchstreiften wir das Gelände. Plötzlich drückte sie meine Hand und blieb stehen. Leise flüsterte sie mir zu: „Hier muß jemand sein." Stimmen wurden laut, und ehe wir uns versahen, standen wir einem indonesischen Soldaten gegenüber. Er packte uns unsanft und deutete an, uns zur Wache zu bringen. Dort würden wir lernen, wo man sich um diese Stunde aufzuhalten hätte. Das Zerren und Ziehen wurde immer schlimmer. Als wir uns einer Lichtquelle näherten, sah ich, daß wir es mit einem Eingeborenen zu tun hatten. Wir brauchten uns also keine allzu großen Sorgen zu machen.

Bald wurde uns jedoch klar, daß wir geradewegs in ein verstecktes Nest der Japaner liefen. Jetzt stieß uns der Mann sogar den Gewehrkolben in den Rücken, um schneller ans Ziel zu gelangen. Als wir angekommen waren, rief ein japanischer Soldat: „Wen bringst du uns denn da zum Übungsplatz, und wo hast du die beiden überhaupt aufgegabelt?" – „Tuan, ich fand sie in der Nähe des Klosters. Was soll ich mit ihnen tun, wohin soll ich sie bringen?" – „Warte, ich habe einen Plan. Alle halbe Stunde kommt ein Kontrollwagen vorbei. Du weißt ja, was sie mit den Leuten machen, die sich auf der Straße befinden – und ich werde dafür sorgen, daß sie welche finden!" Dabei grinste er teuflisch. Die Novizin rief auf malaiisch: „Laßt uns zurück ins Kloster gehen." Noch bevor jemand eine Antwort gab, verpaßte ihr ein Soldat mit dem Gewehrkolben einen schweren Schlag auf den Kopf. Die arme Novizin sank sofort zusammen.

Empört über die kaltschnäuzige Brutalität des Soldaten sprang ich auf und näherte mich einem japanischen Offizier. Er betrachtete meine Armbinde und sagte: „Salib

Merah – Rotes Kreuz" – „Jawohl, aber warum wird hier auf Wehrlose eingeschlagen? Das ist doch sicher kein Befehl von eurem Kaiser Tennoheika!" Wutentbrannt stieß er mich zur Seite. Ein umstehender Soldat warf mich mit einem kräftigen Stoß zu Boden. Die Novizin lag einige Meter weiter regungslos auf der Erde. Sie blutete stark aus Nase und Mund. Sie gab mir mit der Hand ein Zeichen, näher an sie heran zu kommen. Mühsam flüsterte sie mir zu: „Bitte, retten Sie sich, bevor es zu spät ist!" – „Alfonsa, bitte nein, nehmen Sie Ihre ganze Kraft zusammen, Bruder Konrad hilft Ihnen aufzustehen."

Es war wie ein Wunder. Schwester Alfonsa schaffte es, trotz ihrer schweren Verwundung wieder auf die Beine zu kommen. Plötzlich hörten wir einen Siegesschrei. Ich sah, wie zwei indonesische Soldaten mit ihren spitzen Bajonetten nach vorne stürmten, und einer ausgestopften Seegras-Puppe brüllend und schreiend Stiche in Hals und Brust versetzten. Dabei riefen sie die Worte „Matia sama Blanda – Tod den Weißen". Daraufhin gaben sie uns den Befehl: „Verzieht euch, aber schnell! Der Kontrollwagen ist bereits unterwegs!"

Begleitet von Fußtritten stolperten wir dem Ausgang zu. Plötzlich brach Schwester Alfonsa neben mir zusammen. „Gehen Sie schnell weiter, meine Kräfte sind am Ende, beten Sie für mich!" Wie sehr mußte die Gute wohl leiden. Der große Blutverlust und die inneren Verletzungen hatten sie auf das äußerste geschwächt. Unter Aufbietung aller Reserven klammerte sich die Schwerverletzte an meine Arme. Ich schleppte sie hinaus, und sprach ihr dabei immer wieder Mut zu. Ganz in der Nähe schlugen Schüsse ein. Wir schwebten in höchster Lebensgefahr.

Erneut sank Alfonsa zu Boden. „Sie wollen uns erschießen!" Ihren halblauten Stoßgebeten fügte ich stumm hinzu: Heiliger Bruder Konrad, verlaß mich jetzt nicht, denn auch meine Kräfte sind am erlahmen. Zu der Schwester sagte ich: „Alfonsa, bitte noch einen letzten Versuch, der Gottesmutter zuliebe. Ganz in der Nähe weiß ich einen Ort, wo wir sicher sind. Erst kürzlich wurden dort Schwestern untergebracht. Wir müssen dorthin gelangen ... Sehen Sie den Scheinwerfer, wir müssen in den Graben kriechen, bevor sie uns sehen können." Auf Knien kroch Alfonsa hinter mir her und rollte schließlich stöhnend in den Graben. Dort hieß es nun abzuwarten, was das Schicksal uns in den nächsten Minuten bringt. Schwester Alfonsa mußte schreckliche Schmerzen haben.

Gott allein weiß, wie inbrünstig ich um seine Hilfe flehte, als der Lichtstreifen der Scheinwerfer immer näher auf uns zu kam. Ich bog den Kopf der Verletzten vorsichtig nach unten und legte mich so tief ich konnte neben sie. Dann ergriff ich ihren Arm, um den Puls zu fühlen ... Er war kaum noch spürbar. – Heiliger Bruder Konrad, verlaß uns jetzt nicht, behüte uns auch vor nächtlichem Ungeziefer, Schlangen, „Kakiseribu" oder Tausendfüßlern.

Jeden Moment konnten die Feinde in unserer Nähe auftauchen. Dem Himmel sei Dank, die Scheinwerfer drehten in die entgegengesetzte Richtung ab. Wir wurden nicht gesehen. Der Graben hatte uns so tief aufgenommen, daß niemand uns entdecken konnte. Jetzt mußten wir noch das letzte Hindernis überwinden. Flehend wandte ich mich der Verletzten zu. „Noch ein letzter Versuch, bitte, nur aus dem Graben heraus und dann noch einige

Meter bis zur Hecke. Dahinter muß das Haus sein!" – „Ach, lassen Sie mich hier liegen."

Ich gab nicht nach, und schließlich ließ sich Alfonsa bewegen, in die Höhe zu kommen. Welch ein Anblick bot sich mir: Habit und Gesicht waren blutüberströmt und mit Erde und Gras verklebt. Sie konnte nur wenige Schritte gehen. Mit großer Sorge stellte ich fest, daß die Erschöpfte wirklich am Ende war. Immer wieder stöhnte sie: „Wirklich … ich kann nicht mehr." Dann fiel sie zu Boden und blieb liegen. Ich flüsterte ihr ins Ohr: „Ich werde das Haus suchen und Hilfe holen." Mit einer Handbewegung gab sie mir zu erkennen, daß sie einverstanden sei. Ich machte mich vorsichtig auf den Weg und nach wenigen Minuten, die mir wie eine Ewigkeit erschienen, konnte ich die Umrisse eines Hauses erkennen. – Bruder Konrad, laß uns Hilfe in diesem Haus finden!

Endlich erreichte ich eine Türe und klopfte zaghaft an. Nach langem Warten sah ich den Schein einer Kerze hinter einem Fenster aufleuchten. Eine Frauenstimme fragte: „Wer ist draußen?" Ich rief mit gedämpfter Stimme um Hilfe, und sogleich öffnete sich die Tür. Eine Ordensfrau deutete an, ihr zu folgen. Rasch drängte ich mich hinein und stand plötzlich einer vertrauten Person gegenüber. Es war die Schwester Oberin. Sie starrte mich fassungslos an: „Tony, bist Du es wirklich? Mein Gott, wie siehst du denn aus!" – „Hilfe, Mutter Jadwiga, draußen liegt noch unsere schwerverletzte Schwester Alfonsa. Schnell! Ich habe keine Ruhe bis sie hier in Sicherheit ist. Ich brauche eine kräftige Schwester, damit wir sie hierher bringen können."

Als wir zurückkamen, hatte Schwester Alfonsa bereits das Bewußtsein verloren. Ich war ebenfalls am Ende meiner Kräfte angelangt. „Nur mit Bruder Konrads Hilfe haben wir euer Haus gefunden Laßt uns dafür danken." Die Schwester erwiderte: „Wir hörten den Lärm und die vielen Schüsse in unserer Nähe, deshalb sind wir noch auf. Wir hatten schon geahnt, daß etwas geschehen sein mußte."

Wir brachten Schwester Alfonsa ins Haus und legten sie auf ein Feldbett. Als man ihr vorsichtig den Schleier vom Kopf entfernte, wurde das ganze Ausmaß der Verletzung sichtbar. Über der großen Beule staute sich gestocktes Blut, Habit und Kleider waren mit Blut durchtränkt. Der Kopf fühlte sich ganz heiß an. Es lag die Vermutung nahe, daß sie hohes Fieber hatte.

„Tony, bist du auch verletzt?" – „Ach gute Mutter, die Schmerzen durch den Stoß in den Rücken sind erträglich. Es ist mein Herz, das so schrecklich leidet. Diese Kerle haben keine Achtung vor den Menschen. Was zählt bei ihnen schon ein weißes Menschenleben. Ihr wißt doch, wie weit es bis zu unserem Kloster ist. Stellt euch vor, diese weite Strecke habe ich mit einer Schwerverletzten zurückgelegt. Ohne Hilfe von Oben wäre dies gewiß unmöglich gewesen. Dazu kam die Todesangst, vom Kontrollwagen entdeckt zu werden. Aus diesem Grunde hatten sie uns schließlich auf die Straße gejagt, weil sie fest damit rechneten. Wir waren auf das Schlimmste gefaßt, doch unser Vertrauen wuchs gleichzeitig fast ins Unermeßliche. Unser Bischof hatte Recht: ‚Hier grenzenloses Vertrauen, dort ein Eingreifen des Himmels'. Selbst die Schüsse wurden nicht grundlos abgefeuert, sie haben euch hier gewarnt und uns die Türe geöffnet. Ihr ward die Hilfe des hl. Pförtners, ihm sei Dank und auch euch. Ja, dem Himmel sei Dank, wir sind gerettet! Ich brauche jetzt etwas Ruhe. Darf ich mich auf einem der Feldbetten niederlegen?"

„Nur zu, ich bleibe hier und halte Wache, das wird mir unsere gute Mutter als Krankenschwester erlauben, auch der Schwerverletzten wegen, weil wir jetzt noch keinen Arzt bestellen können. Ich werde Schwester Alfonsa nun eine Spritze geben, damit sie während der Nacht gut schläft." Mit rührender Liebe wurde alles erdenkliche getan, um für die kommende Nacht gerüstet zu sein. Leider gab es keine Moskitonetze, was sie sehr bedauerten. Die guten Schwestern waren erst eingezogen und hatten nur das Allernötigste im Haus. Bevor mich der Schlaf in eine Welt des Vergessens entließ, dankte ich nochmals innig dem hl. Bruder Konrad im fernen Bayern, den ich als großen Wohltäter im Himmel zu schätzen gelernt hatte.

Der kommende Morgen ließ uns erst so richtig bewußt werden, in welch großer Gefahr wir uns befunden hatten. Schwester Alfonsa war noch immer nicht vernehmungsfähig. Inzwischen war der Bischof eingetroffen, der vom Kloster benachrichtigt wurde. Er beglückwünschte uns und meinte, daß wir unser Leben der Hilfe des hl. Pförtners von Altötting zu verdanken hätten.

Und dann berichtete er voll Ergriffenheit: „Welche Freude ist es für mich, euch mitteilen zu können, daß das große Tor mit dem Bildnis des hl. Bruder Konrad standgehalten hat. Er hat alle Schwestern glücklich behütet. Darum darf ich dankend sagen: Es lebe der Pförtner von Altötting der ein großer Helfer und Heiliger unserer Mission ist. Diese schwere Nacht hat mir bewiesen, daß selbst die Feinde nicht vermögen, sein starkes Tor zu brechen, obwohl sie es versucht haben. Mein Vertrauen zu diesem Heiligen ist um ein Vielfaches gewachsen. Möge er immer unser Schutz und Segen sein. Deo gratias!" Alles, was auf irgend eine Art und Weise mit der „Kette der Madonna" zu tun hatte, stand unter dem Schutz dieses treuen Heiligen und Lieblings der Gnadenmutter von Altötting.

Es mußten noch viele schwere Wochen und Monate durchlitten werden, bis die Reise nach Europa möglich werden konnte. Die Reliquie und die Sternperlenkette begleiteten mich auf den Meeren und in den Gefängnissen, bis hin zu der Stätte, wo die leiblichen Überreste des treuen Pförtners des St. Annaklosters Zeugnis von ihm ablegen. Am Tage der Einlösung meines Versprechens durfte dieser siegreiche Heilige zu seiner geliebten Himmelskönigin sprechen: „Sieh hier, ich durfte sie schützen und bringe sie heute zu Deinem Altar, teure Mutter. Sie bittet inständig um den Segen für alle Insulaner. Sei Du ihnen immer Schutz und Schirm. Erhalte sie im wahren katholischen Glauben, erwecke viele zu diesem Glauben und schicke Missionare, die das Wort Deines Sohnes verkünden, auf daß in diesem großen Inselgebiet nur der eine Ruf erklingen möge: Lob, Preis und Dank sei dem dreifaltigen Gott und seiner gütigen Mutter für all die vielen Gnaden, die diesem Inselreich geschenkt werden!

Demütig bittet sie Dich, diese Kette anzunehmen, welche die acht großen Inseln versinnbilden. Der Stern mit der schönsten Perle in deren Mitte jedoch bist Du, unsere „Stella Maris".

So mögest Du diesem fernöstlichen Volk nie die Kraft Deiner mütterlichen Hände entziehen. Meine letzten

Worte aber sollen heißen: ‚O Maria, geliebte Gottesmutter, Du hast gesiegt!'

Diese Kette, die dir heute ein leidgeprüftes Herz umhängen durfte, soll Zeugnis ablegen für meine große Dankbarkeit und für all die Liebe und Treue, die du mir, oh himmlische Mutter, in all den schweren Jahren geschenkt hast."

## Altötting in Indonesien

Das Buch »Die Kette der Madonna« wäre nicht vollständig, wenn es nicht von der Entstehung einer neuen Wallfahrtsstätte im fernen Osten berichten würde, die mit dem Gnadenbild der Madonna von Altötting in ursächlichem Zusammenhang steht.

Anfang 1956 hatte sich Schwester Antonia Meyers mit der Bitte an den Administrator der hl. Kapelle, Dr. Dr. Robert Bauer, in Altötting gewandt, ob ihr ein Splitter vom Gnadenbild überlassen werden könnte. Zu welchem Zweck? Es sollte ein genaues Abbild der Madonna hergestellt und der Splitter in diese nachgebildete Statue eingebaut werden. Die Statue sollte, so war es der Gedanke von Schwester Antonia, nach Indonesien gebracht und dort von der eingeborenen Bevölkerung verehrt werden.

Als Standort hatte man die Insel Nias an der „Pforte" von Insulinde ins Auge gefaßt. In der Nähe dieser Insel waren 1943 mehr als 450 deutsche Männer, darunter Missionare und Ärzte, auf tragische Weise ums Leben gekommen. Im Jahre 1940 hatten deutsche Kapuzinermissionare erstmals Zugang zu der Insel bekommen. Mit ihnen hatte sich die Überbringerin der Sternperlenkette in Verbindung gesetzt, nachdem der Administrator der hl. Kapelle die Zusage für die Hingabe eines Splitters und die Herstellung eines getreuen Abbildes der Statue gegeben hatte.

Das diesbezügliche Schreiben bzw. Dokument, datiert mit dem 13. März 1956, hat den folgenden Wortlaut: „Zu den Anliegen Ihres Briefes vom 11. Februar d. J. darf ich folgendes bemerken: Die Überlassung eines Splitters von unserem Gnadenbild kann der Stifterin eines so hochherzigen Opfers und einzigartigen Schmuckes für unsere Madonna nicht verwehrt werden. Das Recht zur Anfertigung einer Kopie ist einem Bildhauer in Eggenfelden, Joseph Neustifter, vorbehalten worden. Für diesen würde ich Ihnen einen Ausweis mitgeben. Sie sollen ja in absehbarer Zeit nach Altötting kommen, wo wir das Nötige besprechen können. Mit herzlichen Grüßen Ihr ergebenster Dr. Robert Bauer, Administrator der hl. Kapelle."

Unverzüglich unternahm nun Schwester Antonia alles Notwendige, und bereits im Sommer 1956 konnte sie die von dem Bildhauer angefertigte genaue Kopie des Gnadenbildes in Empfang nehmen. Sie war so naturgetreu, daß sogar Kenner gestanden: Die Statue ist kaum von dem Original zu unterscheiden.

Inzwischen war für den Splitter vom Originalbild eine vergoldete Kapsel angefertigt worden. Mater Hermana Gruber von den Englischen Fräulein hatte die Reliquie gefaßt und mit einem roten Seidenfaden in der Kapsel befestigt. Das Beglaubigungsdokument liegt in der Fotokopie anbei.

Vorläufig wurde die Statue im Haus „Maria Rast", Egg/Zürich, aufgestellt und von Schwester Antonia bewacht, bis eine Gelegenheit kommen würde, sie an ihren endgültigen Bestimmungsort in Indonesien zu bringen.

Diese Gelegenheit ergab sich erst vier Jahre später, im Zusammenhang mit dem Internationalen Eucharistischen Kongreß in München. Im Juli 1960 hatte Rev. Pater Zwaans S.J. durch den Provinzial der Oberdeutschen Provinz der Jesuiten, Pater Anton Stricker, Schwester Antonia mitteilen lassen, daß eine indonesische Delegation zum Kongreß nach München komme. Ihr könne die Überbringung der Statue auf die Insel Nias anvertraut werden. Es wurde vereinbart, daß Schwester Antonia die Statue mit der am Brustteil eingefügten Kapsel am 8. August gegen Mittag nach Innsbruck bringen und dort dem geistlichen Leiter der Delegation, Pater Pudjahandaja, übergeben soll.

Dies war für die Schwester eine besonders schwierige Aufgabe. Sie fuhr am frühen Morgen des 8. August 1960 allein von Egg/Zürich mit dem Auto Richtung Feldkirch/Arlberg. Glücklicherweise fragte sie der Zollbeamte an der Grenze Schaanwald nicht näher über den Grund ihrer Reise aus. In Innsbruck angelangt, konnte Schwester Antonia zu ihrer Bestürzung in dem bezeichneten Hotel weder eine Delegation, noch irgendeine Nachricht vorfinden. Lag möglicherweise ein Mißverständis vor? Oder war die Delegation unmittelbar nach dem Ende des Kongresses nach Indonesien abgereist, ohne, wie es vorgesehen war, nach Innsbruck zu kommen?

In Anbetracht der verworrenen Situation übergab Schwester Antonia den Koffer mit der sorgfältig verpackten Statue kurzentschlossen dem Hotel-Portier zur sicheren Verwahrung. Inzwischen war jedoch auch die indonesische Delegation mit starker Verspätung aus München eingetroffen, was der wartenden Schwester aber nicht gemeldet wurde.

Erst als die Delegation das Haus verlassen wollte, wurde die Schwester auf die Indonesier aufmerksam. Sie hatte sich zwischenzeitlich in die Hotelhalle begeben, von wo aus sie den Eingang beobachten konnte. Die Herren waren offensichtlich in größter Eile. Aufgeregt ging sie auf den Führer der indonesichen Gruppe zu und wurde von ihm als die gesuchte Dame erkannt.

Da die Zeit drängte, mußte der Koffer sofort herbeigeschafft werden. Schwester Antonia eilte zu dem Portier. Dieser konnte sich aber sonderbarer Weise nicht mehr an den Koffer erinnern. Energisch stürmte Schwester Antonia die Treppe hinauf. Sie wußte, daß der Mann den Koffer nach oben gebracht hatte, und wurde schließlich in einem Nebenraum fündig. Zu einer eingehenden Unterhaltung mit dem Leiter der Delegation blieb keine Zeit. So konnte den Empfängern des Koffers lediglich in einigen kurzen Worten die Adresse von Pater Zwaans und die notwendigen Anweisungen gegeben werden. In größter Eile wurden noch rasch ein paar Aufnahmen gemacht.

Dankbar und glücklich, nun doch im Besitz des wertvollen Koffers zu sein, verabschiedeten sich die Mitglieder der Delegation von Schwester Antonia. Dankbar und erleichtert, daß nun doch noch alles geklappt hatte, fuhr Schwester Antonia wieder zurück in die Schweiz.

Nach längerem bangen Warten kam endlich von Batavia (Djakarta) die Nachricht, daß sich die Statue in guter Obhut befinde. Doch erst im Frühjahr 1961 gelangte sie an ihren Bestimmungsort Gunung Sitoli auf der Insel Nias.

Hier aber mußte erst eine Kirche gebaut werden, da die primitive Kapelle nicht der richtige Ort für diese wertvolle Statue war. Im Sommer 1961 war mit dem Bau begonnen worden, für den Pater Anizet, ein „gottbegnadeter Künstler", die Pläne entworfen hatte. Bereits um Weihnachten 1961 konnte die Kirche provisorisch für den Gottesdienst genutzt werden.

Die neue Kirche, nunmehr das zentrale Heiligtum der Katholiken von Nias, wurde in einer Angleichung an die Altöttinger Gnadenkapelle erbaut, wie aus der Abbildung ersichtlich ist. Am 4. Februar 1962 wurde sie feierlich eingeweiht. Schon vorher war die Statue mit dem Holzpartikel vom Original des Gnadenbildes in Altötting in das Gotteshaus übertragen worden.

In einem vom 21. Mai 1962 datierten Brief schrieb Pater Romanus Jansen O.Cap. an Schwester Antonia Meyers über die von der ganzen katholischen Bevölkerung der Insel festlich begangenen Einweihung des Heiligtums: „Der 4. Februar dieses Jahres vereinte fast alle unsere Missionare und Brüder, auch Schwestern unseres Missionsgebietes, sowie zahlreiche Christen von nah und fern zur festlichen Weihe: „Maria, Hilfe der Christen" – unter diesem Titel wurde die neue Kirche geweiht. Es war ein schönes Fest, wie es Gunung Sitoli noch nie erlebt hatte. Lachender Sonnenschein erhöhte noch die festliche Stimmung. Wir hörten immer wieder: ‚Das ist ein gelungenes Werk! Das ist ein würdiges, zur Andacht stimmendes Gotteshaus!' Möge das beiliegende Foto Ihnen einen kleinen Anblick von der neuen Gnadenstätte gewähren, zu der Sie eigentlich den ersten Anstoß gegeben haben ... Sicherlich werden Sie auch freudig das gnadenvolle Wir-

*Die neue Kirche in Gunung Sitoli, die der Gnadenkapelle von Altötting nachgebildet wurde.*

*Altar mit der Nachbildung der Altöttinger Madonna*

ken unserer himmlischen Mutter hier auf Nias/Indonesien unterstützen."

So wurde Altötting zu einem strahlenden Stern bis hinüber in das ferne Südostasien. Als Werkzeug der göttlichen Vorsehung diente dabei „die Kette der Madonna". Dieses Geschenk, die Sternperlenkette, sollte immerfort die Bitte an die Gnadenmadonna symbolisieren, Indonesien und seine Völker und Menschen zu segnen und der Religion Christi zuzuführen.

# Empfehlenswerte Bücher:

### Bruder Konrad von Parzham – Klosterpförtner in Altötting
*Paul-H. Schmidt*

Über 40 Jahre lang versah der einfache Kapuzinerbruder das aufopferungsvolle Pförtneramt im St. Anna-Kloster zu Altötting. Seit seiner Heiligsprechung 1934 sind auffallend viele Gebetserhörungen vermeldet worden und auch heute noch gilt „der ewige Pförtner" als großer Volkspatron und Helfer in jeder Not.   80 Seiten, DM 4.80

### Bruder Andreas – Diener des hl. Josef
*Josef-Ludwig Sattel*

Br. Andreas heilte mit seinen Charismen der Krankenheilung und Seelenschau durch die Vermittlung des hl. Josef Tausende von Kranken. Er gründete in Montreal das wohl größte Josefsheiligtum der ganzen Welt; mit Gebetserhörungen aus neuerer Zeit.

80 Seiten, DM 8.80

### Dr. Alexis Carrels denkwürdige Reise nach Lourdes
*Josef Niklaus Zehnder*

Anfang des 20. Jh. wird der Nobelpreisträger für Medizin, Dr. Carrel, Zeuge der Heilung seiner todkranken Patientin. Durch dieses Erlebnis bekehrt er sich und richtet sein ganzes Leben auf Gott aus.   48 Seiten, DM 3.—

### Verweilen bei Maria
*Sr. Gertrud Neuser*

Diese Kleinschrift lädt durch ihre einfachen Gebete und Betrachtungen zum Verweilen bei Maria ein. Es sind Gedanken des Lobes, des Dankes, der Bitte und der Hingabe. Die Betrachtungen schenken dem Leser Ruhe und inneren Frieden. 32 Seiten, DM 2.50

### Mutter Teresa –
### ein Zeugnis selbstloser Liebe
*Paul-H. Schmidt*

Diese Kleinschrift bietet einen liebevollen Abriß des Lebens dieser heiligmäßigen Frau aus Kalkutta, die in Demut und Einfachheit den Ärmsten dient. Wie kaum ein anderer Mensch unserer Tage verkörpert sie die Einheit von Beten und Tun. 64 Seiten, DM 4.—

### Die hl. Maria Bertilla Boscardin –
### Eine Heldin der Caritas
*Benedikt Stolz*

Eine aufschlußreiche Biographie über das Leben der hl. Bertilla (1888-1922), die ihr Leben im Dienste der Kranken verbrachte. Ihre tiefe Verbundenheit mit Christus war das Geheimnis ihres Lebens und ihrer Hingabe. Eine einfache aber große Heilige! 136 Seiten, DM 7.80

**Bestelladresse: Miriam-Verlag • D-79798 Jestetten**
Tel.: 0 77 45 / 72 67   Fax: 0 77 45 / 4 09